21世纪高等教育标准教材

证券投资基金运行与管理

（第二版）

梁忠辉　编著

东北财经大学出版社
Dongbei University of Finance & Economics Press
大连

图书在版编目（CIP）数据

证券投资基金运行与管理 / 梁忠辉编著 . —2 版 . —大连 ：东北财经大学出版社，2011. 3
（21 世纪高等教育标准教材）
ISBN 978 - 7 - 5654 - 0281 - 4

Ⅰ. 证…　Ⅱ. 梁…　Ⅲ. 证券投资 - 基金 - 高等学校 - 教材
Ⅳ. F830. 91

中国版本图书馆 CIP 数据核字（2011）第 020115 号

东北财经大学出版社出版
（大连市黑石礁尖山街 217 号　邮政编码　116025）
教学支持：（0411）84710309
营 销 部：（0411）84710711
总 编 室：（0411）84710523
网　　址：http：//www. dufep. cn
读者信箱：dufep @ dufe. edu. cn

大连东泰彩印技术开发有限公司印刷　东北财经大学出版社发行

幅面尺寸：172mm × 242mm　　字数：175 千字　　印张：10 3/4
2011 年 3 月第 2 版　　2011 年 3 月第 2 次印刷

责任编辑：时　博　石建华　　责任校对：孙萍　刘洋
封面设计：冀贵收　　版式设计：钟福建

ISBN 978 - 7 - 5654 - 0281 - 4
定价：22. 00 元

第二版前言

证券投资基金作为我国资本市场中的主流机构投资者，自1998年以来获得了超常规的快速发展，基金管理公司不断增加，管理的资产规模迅速增大，投资基金的品种越来越多样化。截至2010年6月30日，我国的基金管理公司已达到60家，管理基金689只，基金规模2.3万亿份。证券投资基金在证券市场的发展和运行中发挥着日益重要的作用。广大的投资者需要了解证券投资基金的方方面面，作为未来基金业人才储备的高等院校的学生更需要认识和了解证券投资基金。

本教材是为高等院校财经类专业的本科生编写的，也可以作为基金从业人员和投资者的参考用书。其编写目的是让学生全面了解证券投资基金的基本理论、方法和运作的整个实务操作过程，为将来从事证券业工作打下理论基础，同时也可以对投资管理活动进行指导。

鉴于基金行业的快速发展，为使教材的使用者能够了解和学习到基金行业最新的动向，作者对本书进行了修订。

此次修订工作充分考虑到了基金行业法律法规的更新和基金市场的创新和发展。主要在以下方面进行了调整：第一，根据基金市场出台的新法规、新制度，对证券投资基金在销售、公司治理、基金评价等方面的内容进行了更新。第二，对基金市场新的产品创新和重大事件（如基金专户理财、QDII、保本基金和“老鼠仓”事件等）进行补充和完善。第三，对原教材的错漏之处进行了修改。

修订后的教材分为三大部分，全面系统地介绍了以下几方面内容：证券投资基金的基本原理、证券投资基金的类型和我国证券投资基金发展概况；证券投资基金的发行、交易、信息披露、监管体制以及基金业各参与主体的基本情况；现代资产组合理论、证券投资基金的绩效评价方法和证券投资基金的资产配置方法等。

本书在大量借鉴国内外相关文献的基础上，力求做到：

(1) 理论和实务操作紧密结合，反映和体现中国基金业最新的发展情况和趋势。

(2) 突出体系的完整性，注重证券投资基金的基本理论和基础知识的介绍。

(3) 阐述系统、全面、清晰，可读性强。全书每章后附有适量的复习思考题，使学生在学习完每一章后，能够及时巩固所学知识。

本书的出版得到了东北财经大学出版社及东北财经大学统计学院的大力支持，在这里深表感谢。由于时间仓促和编者水平所限，书中的疏漏和错误在所难免，敬请读者批评指正。

编 者

2011 年 2 月

录

第一章　证券投资基金概述

第一节　证券投资基金的概念与内涵

一、证券投资基金的概念

证券投资基金（又称投资基金或基金）作为一种金融投资方式，其产生是金融市场高度发展的产物。随着金融市场的发展，下面两个因素使其得到快速发展。首先，居民剩余财富的增长是基金产生的最基本的经济条件。其次，投资技术的复杂化和投资的规模化以及投资方式的社会化形成了对投资的专业化需求。从基金的发展历史来看，基金产生于市场经济较为发达的资本主义发展时期，进而扩展到新兴市场国家。各国对证券投资基金的称谓有所不同。在美国，证券投资基金被称为共同基金，在英国和中国香港被称为单位信托基金或投资信托，而日本和中国台湾则称之为证券投资信托。尽管名称不同但差别不大。

证券投资基金是一种利益共享、风险共担的集合投资方式，即通过发行基金单位，集中投资者的资金，由基金托管人托管，由基金管理人管理和运用资金，投资于证券市场以获得投资收益和资本增值。对于基金持有人而言，其本质上是一种间接投资工具。

目前证券投资基金的运作首先是由基金发起人成立基金管理公司作为基金管理人，通过发行基金份额的方式向中小投资者或机构投资者募集资金，募集的资金交由指定的基金托管人托管，由基金管理人按照基金合同的约定进行投资运作。基金的投资收益在扣除由基金承担的费用后，全部归基金投资者所有，并依据各个投资者所购买的基金份额多少在投资者之间进行分配。

二、证券投资基金的特点

1. 集合投资，聚少成多

证券投资基金可以将较少的、分散的资金汇集成大规模的投资资本交给基金管理人运作，以获取资产的增值。证券投资基金对投资者的出资额要求不高，参与证券投资基金的门槛很低，投资者可以根据自己的经济实力决定购买的数量。因此证券投资基金可以广泛吸收社会闲散资金，聚合成大规模的投资资本，有利于发挥规模优势，降低投资成本，提高整体收益水平。

2. 组合投资，降低风险

分散化投资是现代投资理论的一个最重要的结论，合理的分散化投资会极大地降低投资组合的风险，这已经为大量的实证研究所证明。但对广大中小投资者而言，由于资金量小，很难通过购买不同的股票进行分散投资。证券投资基金汇集了大量资金，可以凭借其雄厚的实力进行科学的投资决策，将资金投资于不同行业、不同公司的股票上从而最大限度地降低市场风险。

3. 专家管理

证券投资基金实行专家管理制度，这些专业的管理人员都接受过专门的教育和培训，从业时间长，具有丰富的证券市场操作经验。他们能够运用先进的技术分析手段分析各种信息资料，对证券市场上瞬息万变的价格变动作出准确的预测和判断，最大限度地提高投资收益率。对于没有时间和精力去跟踪证券市场，或者是缺乏投资专业知识的中小投资者而言，购买基金实际上就是获得专业市场人士在市场信息、投资经验、操作技巧方面所提供的优质理财服务，从而避免盲目投资所造成的损失。

4. 独立托管，保证安全

资产的专业托管和保证安全是证券投资基金制度的重要特点。规范化的基金具有很强的自我约束和自我激励功能。在基金内部，基金管理人、托管人与基金投资者地位独立，权责明确，基金管理人与基金托管人在行政和财务方面相互独立，分别负责基金资产的管理和保管，并接受对方和基金投资者的监管。这种相互制衡的机制对保护投资者利益起到了重要作用。

5. 信息透明，监管有力

证券投资基金要求基金管理人和托管人必须及时、主动、充分、准确地披露基金在发起、上市、交易过程中一切与投资判断相关的信息，并对此承担法律上的责任。同时为了维护基金市场的公开、公平与公正，基金参与各方必须有效地接受社会的监督和监管部门的监管，以防止信息滥用和不正当竞争，赢得投资者信任。

6. 产品品种丰富

证券投资基金产品是基金管理人根据投资者不同需求而设计的投资于不同市场和不同品种的基金。例如，按投资者对收益的预期可以分为成长型、收入型和平衡型等；按投资标的不同可分为股票型、债券型和混合型等。不同类型的基金满足了投资者的多样化需求。

三、证券投资基金与其他投资方式的比较

1. 证券投资基金与股票、债券

证券投资基金和一般的股票、债券都是金融投资工具，都可以随时流通变

现，但它们之间又有所区别，主要体现在：

（1）它们所反映的关系不同。股票反映的是所有权关系，债券反映的是债权、债务关系，而证券投资基金反映的是信托关系。

（2）它们的收益和风险不同。股票的收益率是不确定的，其收益的高低取决于公司的经营状况、股票交易市场供求状况及投资者的操作水平等，其伴随的风险也是很大的。债券的收益率一般是事先确定的，债券价格的波动也较小，所面临的风险也较小。证券投资基金主要投资于证券市场的股票和债券，通常情况下证券投资基金的收益率和风险介于股票和债券之间。

（3）它们募集资金的投向不同。股票和债券是直接投资工具，募集的资金主要投向实业领域；证券投资基金是间接投资工具，所募集的资金主要投向其他有价证券和不动产。

2. 证券投资基金与信托

信托是财产的所有者为达到一定的目的，通过签订合同，将其指定的财产委托给信托机构，全权代为管理和处理的行为。信托涵盖了“信任”和“委托”双重含义，是一种以财产为核心、信任为基础、委托为方式的财产管理制度。

证券投资基金作为金融信托的一种，与信托相比，它们具有以下共同点：①它们都是代理他人管理和运作资金。②证券投资基金和信托业务活动中的当事人都有委托者、受托者和受益者；委托者和受托者之间有契约关系，受托者在法律和契约规定的范围内运用委托者的资金，并对受益者的利益负责。③证券投资基金和信托都有聚集社会闲散资金、将短期资金长期化从而提高资金运作效率的功能。

证券投资基金与信托又存在以下区别：①业务范围不同。信托业务范围广泛，按照不同的标准划分，信托业务可分为多种类别，而证券投资基金只是金融信托的一种。②资金运用形式不同。信托机构可以运用代理、租赁和出售等形式处理委托人的财产，既可以融通资金，也可以融通财物。③当事人不同。信托业务主要包括委托者、受托者和受益者，而证券投资基金业务除了上述三者外，还必须有一个保管者。

第二节　证券投资基金的起源和发展历程

一、证券投资基金的初创阶段

证券投资基金的发展已有150年左右的历史，它起源于英国，发展于美国，进而扩展到全世界，经历了一个不断发展壮大的过程。18世纪的产业革命与海外扩张为英国积累了大量的社会财富，使得国民收入大幅增加，居民储蓄迅猛增长，国内资金出现过剩的局面。国内存贷款利率较低、投资收益率不断下降迫使剩余资金在海外寻求投资出路，以实现资本的保值与增值。基金因此在英国社会经济发展的全盛时期产生。1863 年，伦敦金融联合会和国际金融会社成立了第一批私人投资信托。1867 年，苏格兰成立的投资信托向股东提供贷款基金，投资于全球各稳步发展的企业所发行的有价证券。1868 年的英国“海外和殖民地政府信托”是第一个公众投资信托基金，它以投资于国外殖民地的公司债为主，总额达 48 万英镑，信托期限为 24 年。从该基金的实际运作情况看，投资者得到的实际回报率达 7% 以上，远远高于当时 3.3% 的英国政府债券利率。

早期的英国投资基金是非公司组织，由投资者和代理人通过信托契约的形式，规定双方的权利和义务，因此，契约型投资基金是最早出现的投资基金形态。19 世纪 70 年代，受当时债务危机的刺激，英国出现了依据 1879 年《英国股份有限公司法》建立起来的公司型基金，这是证券投资基金历史上的一个大的飞跃。1870—1930 年的 60 年间，英国共有 200 多个基金公司在全国各地成立。这个时期的基金处于初创阶段，主要投资于海外事业和债券，在类型上都是封闭型基金。

二、证券投资基金的发展阶段

虽然美国在 1893 年成立了第一家封闭式基金“波士顿个人投资信托”，但美国基金业的真正发展是在第一次世界大战后。自 1924 年组建了第一家开放式互惠基金“马萨诸塞投资信托基金”的几年中，美国基金迅猛发展，1929 年基金资产高达 70 亿美元，为 1926 年的 7 倍多。20 世纪 30 年代，基金受大萧条的影响，其发展陷入低谷。1933 年，美国公布了《联邦证券法》，1934 年公布了《联邦证券交易法》，尤其是 1940 年公布的《联邦投资公司法》详细地规范了共同基金的组成及管理要件，为基金投资者提供了完整的法律保护，从而奠定了美国共同基金规范发展的基础，开辟了一个崭新的投资基金时代。1940—1970 年，证券投资基金规模逐年扩大。这 30 年间，共同基金资产的年增长率为 17%，投资者的数量从 30 万增长到 1 070 万。这一时期，证券投资基金的主要特点是：主要以股票型基金为主，投资主体以中小投资者为主，机构投资者不多；证券投资基金开始从封闭式向开放式转变，投资目标从收入型向成长型转变。

20 世纪 70 年代以来，在布雷顿森林体系崩溃、美元固定汇率瓦解、全球通货膨胀率上升之后，证券投资基金从广度和深度上都得到了进一步发展。最突出的特点是股票基金的吸引力大大降低，货币市场基金应运而生。据统计，到

20世纪80年代初，美国货币市场基金占美国基金总资产的3/4左右，约为1 850亿美元，其比例达到了历史最高峰。之后，抵押证券基金、高收益债券基金、国际基金、地方政府债券基金等新的基金品种也不断涌现，基金品种不断丰富。

自20世纪80年代开始，基金的投资者结构也发生了深刻的变化。随着银行、其他信托机构、养老基金、保险公司等机构投资者的资金介入，过去以中小投资者为主的投资者结构开始出现机构化的趋势。20世纪90年代，共同基金已经成为美国最大的金融中介，它在美国金融体系中的作用比任何时候都更加重要。到2000年为止，其资产已超过全美所有商业银行的总资产，并且成为股票市场最大的机构投资者，对股票市场的走势具有重大的影响力。

三、证券投资基金的全球化

基金以其专业化管理、分散投资的优势在第二次世界大战后很快扩散到世界各地。其中，日本于1948年颁布了《证券投资公司法》，并于1951年颁布了《证券信托法案》；联邦德国于1957年颁布了《投资公司法案》；20世纪60年代，很多发展中国家，如马来西亚、新加坡、韩国等开始借鉴发达国家基金发展的经验，纷纷建立了为数众多的基金，证券投资基金在发展中国家迅速普及。证券投资基金的出现，极大地促进了这些新兴工业化国家和地区资本市场的发展。

目前亚太地区是除欧美之外的世界第三大基金市场。从基金的类型来看，契约型基金比公司型基金更为常见；从投资基金的规模来看，经济越发达的国家和地区，证券投资基金的绝对规模越大；从新兴市场投资基金的组织形式来看，契约型和开放式基金占有绝对优势；从证券投资基金的投向来看，中国香港和中国台湾地区以及菲律宾的股票基金所占比重较大，达到50%以上，韩国和日本的债券基金较为发达，货币市场基金中日本占有较大的比重。

第三节 我国基金业的发展概况

我国证券投资基金的发展同中国证券市场的发展几乎是同步的，经历了一个从无到有，从无法可依、混乱发展到有法可依、规范发展的过程。通常以1997年颁布的《证券投资基金管理暂行办法》作为基金业发展的分水岭。《证券投资基金管理暂行办法》公布以前为基金发展的摸索阶段，公布后进入了基金业规范发展的阶段。

一、基金业发展的摸索阶段

我国基金业起源于20世纪80年代末。最早的中国证券投资基金是以海外国家基金的形式出现的。1985年12月，由中国东方投资公司在中国香港、伦敦推出“中国东方基金”。1987年，中国新技术创业投资公司与汇丰集团、渣打集团在香港联合发起了“中国置业基金”，直接投资于珠江三角洲周边的乡镇高科技企业。其后，中银集团、中信公司也分别在90年代初在境外募集设立了基金。

我国基金业的真正起步是在1991年。1991年8月，“武汉证券投资基金”和“南山风险投资基金”设立。1992年，中国人民银行总行批准设立的“淄博投资基金”是我国第一家规范化的公司型封闭式基金，于1993年8月在上海证券交易所挂牌交易，成为第一只上市交易的证券投资基金。在1992年下半年至1993年上半年，中国国内众多省份及中心城市纷纷设立证券投资基金，出现了证券投资基金一哄而上的局面。1993年下半年起，随着国内宏观调控力度的加大，国内基金的审批也处于停顿状态，基金的发展进入了一个调整期。截至1997年年底，我国国内共发行基金80个左右，总额达60亿元人民币。

总体上看，老基金是在没有全国性基金法律法规的基础上发展起来的，先天不足，存在许多问题。比较突出的问题有：这个时期的基金都是封闭式契约型，基金设立的自发性、分散性强，无法规可依；老基金投资领域过宽，证券投资比例低，投资方向分散，相当多的资金投资于房地产或实业；运作不规范，多数基金发起人、管理人和托管人界限模糊，责权不清。到1999年以后，这批老基金都进行了清理整顿，大部分改制为新的规范运作的证券投资基金。

二、基金业的规范发展阶段

1997年年底，国务院批准颁布了《证券投资基金管理暂行办法》，为证券投资基金的发展奠定了法律基础，从此中国的证券投资基金进入了由封闭式到开放式的规范发展的新阶段。

1. 封闭式基金发展阶段（1997—2001年）

我国基金业的规范发展是以封闭式基金为切入点开始的。1998年3月，规模为20亿元的封闭式基金“基金金泰”和“基金开元”上网发行，拉开了封闭式基金发行的序幕。到1999年，基金管理公司的数量增加到10家，封闭式基金达到19只。为保证试点的顺利实行，监管机构也出台了许多对基金业的政策扶持措施，对基金业的发展起到了重要的促进作用。在新基金快速发展的同时，证监会开始着手对老基金的清理整顿工作。老基金经过资产置换后合并改制成新基金。截至2001年9月开放式基金推出之前，我国共有47只封闭式基金。2002年8月以后，封闭式基金停止发行。

封闭式基金作为超常规发展机构投资者的开始，其试点成功具有非常重要的意义。封闭式基金的发行和运作为市场培养了一批证券投资基金管理人才，催生了一批专业化的基金管理公司，这为后来管理更大规模的基金、应对基金业的大发展奠定了良好基础。封闭式基金出现时正是证券市场处于庄股横行的时期，封闭式基金的发展给市场培育了一批重要的机构投资者，价值投资的理念也逐渐在实践中树立起来。

当然，基金管理公司也表现出了一定的道德风险，如利益输送、欺诈股民、扰乱市场交易秩序等，这些在著名的“基金黑幕”事件中都有所披露。封闭式基金上市交易后最显著的现象是折价交易，这也是封闭式基金边缘化的一个因素。封闭式基金上市初期通常是溢价交易，但随着交易的进行逐渐转为折价交易，特别是从2000年4月起22家证券投资基金普遍出现深度折价现象，折价水平平均超过15%。长期的大幅折价严重损害了基金业的长远发展并沉重打击了持有人信心。如何解决封闭式基金的折价交易问题，封闭式基金存续期后向何处去就成为一个关键的问题。由于开放式基金是按净值交易的，因此一种合理的解决方法就是“封转开”。基金管理公司也对此进行了尝试。华夏基金管理公司的基金兴业在2006年7月的持有人大会上高票通过了“封转开”方案，拉开了“封转开”的序幕。

2. 开放式基金起步发展阶段（2002—2006年）

经过短暂的封闭式基金试点后，证券市场进入了开放式基金的大发展阶段。2000年10月8日，中国证监会颁布了《开放式证券投资基金试点办法》。2001年9月，我国第一只开放式基金“华安创新”发行，标志着我国基金业进入一个全新的发展阶段。截至2006年3月，我国的基金管理公司已达到54家，管理基金229只，基金规模4 700亿份。

开放式基金已经成为市场中当仁不让的主流机构投资者。从开放式基金的发展看，主要表现出以下特点：

（1）开放式基金的壮大有利于稳定市场，活跃交易，防止市场过度投机，促进市场的稳定发展，同时基金倡导的投资理念有效地引导了市场的方向。

（2）基金公司不断创新，基金品种日益丰富。基金公司不断进行客户需求细分，针对不同需求推出不同的基金品种。2002年8月，南方基金管理公司推出了我国第一只以债券投资为主的南方宝源债券基金。此后市场指数基金、伞形基金、保本基金、货币基金、ETF等各种新品种层出不穷，极大地推动了开放式基金的快速发展。

（3）合资基金管理公司发展迅猛，方兴未艾。为适应经济全球化的新局势，在更高层次上参与国际竞争，为基金业的发展提供更大的机遇，2002年6月，证监会颁布了《外资参股基金管理公司设立规则》，并于7月1日起实施。这份文件明确了外资参股基金管理公司的条件和程序，标志着中国基金业的对外开放进入实质阶段。2002年12月26日，我国第一家合资基金管理公司——招商基金管理公司正式成立。此后，合资基金管理公司无论是在规模还是数量上都不断上升。合资基金管理公司先进的管理经验、投资理念和专业技能极大提升了我国基金业的管理水平。与此同时，合格的境外机构投资者，也就是QFII制度也开始实施。QFII作为一项制度，它指的是我国相关管理部门允许经核准的外国机构投资者在一定的监管和限制下，把外币转化为人民币，并通过专门账户投资于当地证券市场；投资者的资本所得与股息等获利经批准后方可汇出我国。在我国目前货币市场尚未完全开放的情况下，QFII作为一种过渡性的、低风险的模式，对我国证券市场渐进性的开放正发挥着独特的作用。根据中国人民银行与中国证监会联合发布的《合格境外机构投资者境内证券投资管理暂行办法》，QFII的投资范围包括在证券交易所挂牌交易的A股股票、国债、可转换债券、企业债券及中国证监会批准的其他金融工具。截至2006年3月底，获QFII资格的境外机构已达到35家，QFII制度有效地增加了证券市场的资金供应，完善了投资者结构。在请进来的同时，管理层也在积极酝酿走出去，合格的境内机构投资者（QDII）就是一项重要的制度安排。实施QDII成为基金业下一步对外开放的重要内容。

（4）法律法规制度日益完善。在开放式基金大发展的同时，也是法律法规不断完善的过程。国外证券投资基金的发展表明，基金业越规范、越透明，发展就越健康、越快速。从20世纪40年代就领先于世界的美国基金业，大发展的节点就是从建立完善的法律体系和监管体系开始的。我国的基金立法随着基金业的不断发展也被提到日程上来。自1999年4月成立投资基金法起草小组，历经3年的起草修改后，于2003年10月28日全国人民代表大会常务委员会第五次会议，《中华人民共和国证券投资基金法》（以下简称《证券投资基金法》）获得通过，2004年6月1日起正式实施。《证券投资基金法》的出台，从立法的高度给予基金这个创新的投资工具一个有利的法律地位，规范了基金的运作，也严格地保护了投资者的利益。《证券投资基金法》为基金业奠定了规范发展的基础。投资者的利益得到了保护，才会放心地进行投资；基金业在法律的约束下规范运作，才能赢得投资者的信任。而正是在《证券投资基金法》颁布的短短两三年里，基金净值的规模增长了上千亿。基金业的发展从此逐步进入良性循环的轨道。

3. 证券投资基金高速发展阶段（2007—2010年）

随着股权分制改革的全面启动，自2006年开始，中国股市迎来了长达两年的最辉煌的牛市，2006年A股市场的涨幅超过100%，2007年10月16日，上证指数上冲至6 124点的历史高位。随着股市的启动，基金业在个人投资者的推动下，迎来了高速发展时期。基金公司管理的资产净值在2007年底达到了创纪录的3.2万亿元，之后在2008年和2009年也分别达到1.9万亿元和2.6万亿元，证券投资基金就此成为中国股票市场上最为重要的机构投资者。这期间证券投资基金既经历了2007年的辉煌，也在2008年遭到国际金融危机带来的动荡。基金资产规模快速增长，基金业成为我国发展最快的金融行业之一。基金品种日益丰富，基本涵盖了国际上主流的基金品种。基金公司业务开始走向多元化，出现了一批规模较大的千亿级基金管理公司。基金行业对外开放程度不断提高。基金业市场营销和服务创新日益活跃。基金投资理念多元化，从传统的定性投资方法到数量化投资理念，数量化投资方式正逐步被国内机构投资者认可和采用。

监管层针对基金业的新政策不断出台，谨慎引导基金市场的良性发展。积极支持基金公司拓展业务：放开专户理财，开闸QDII基金，支持产品创新，推出创业板，制定基金参与股指期货交易指引，积极帮助基金公司拓展发展空间。同时继续对基金行业进行严格监管，规范基金操作，对“老鼠仓”等违规事件进行严厉处罚。基金业在经过快速发展后也不断面临新的问题和挑战：业绩差强人意，核心人才流失、创业激情消退、股权频繁转让、公司治理深化停滞等。而这些问题的解决都有赖于尽快建立起有利于基金发展的科学制度体系和良好的外部环境。在中国经济快速发展的大前提下，基金业依然会取得快速良性的发展。

表1—1为1998—2009年基金业资产净值规模一览表。

表1—1　　**1998—2009年基金业资产净值规模一览表**

截止时间	期末基金数量（只）	期末资产净值（亿元）	期末份额规模（亿份）
2009-12-31	623	26 760.92	24 534.94
2008-12-31	473	19 388.67	25 740.31
2007-12-31	363	32 755.90	22 330.30
2006-12-31	321	8 586.72	6 242.81
2005-12-31	223	4 691.16	4 714.92
2004-12-31	161	3 246.29	3 308.72
2003-12-31	110	1 699.19	1 614.66
2002-12-31	71	1 185.58	1 310.30
2001-12-31	49	814.06	801.26
2000-12-31	33	845.62	560.00
1999-12-31	22	574.60	505.00
1998-12-31	5	107.42	100.00

数据来源　中国银河证券基金研究中心。

复习思考题

1. 什么是证券投资基金？
2. 证券投资基金的特点是什么？
3. 简述证券投资基金的发展历程。
4. 什么是 QFII 和 QDII 制度？
5. 证券投资基金与股票和债券的区别是什么？

第二章　证券投资基金的类型

证券投资基金按照不同的标准可以分为不同类型，从不同的角度对证券投资基金进行分类可以加深对证券投资基金风险与收益特征的理解，有助于投资者作出正确的选择，有助于监管者的监管和从业人员的创新。

第一节　公司型基金和契约型基金

证券投资基金按组织架构形式不同可以分为公司型基金和契约型基金。

公司型基金是具有共同投资目标的投资者根据《公司法》组成的投资于各种有价证券等特定对象的股份制投资公司。公司型基金通过发行股份的方式募集资金，是具有法人资格的经济实体。基金持有人既是基金投资者又是公司股东，按照公司章程的规定，享受权利，履行义务。公司型基金成立后一般委托特定的基金管理公司管理基金资产。美国的基金以公司型基金为主体。

契约型基金也称信托型基金，它是根据一定的信托契约原理，由基金发起人和基金管理人、基金托管人订立基金契约而组建的基金。基金管理公司依据法律法规和基金契约负责基金的经营和管理操作；基金托管人负责保管基金资产，执行基金管理人的有关指令，办理基金名下的资金往来；投资者通过购买基金单位，享有基金投资收益。英国、日本和中国香港、中国台湾地区多是契约型基金，我国颁布的《证券投资基金管理暂行办法》所规定的基金也是契约型基金。

就两类基金的共性而言，它们的组成和运作均基于“基金管理机构与基金保管机构绝对分开”的原则，基金管理公司只负责基金的管理和操作，不实际接触基金资产；基金保管人则依据基金管理公司的指示办理基金名下的资金往来。

公司型基金与契约型基金的主要区别有以下几点：

1. 法律依据不同。公司型基金组建的依据是公司法，而契约型基金的组建依照基金契约，信托法是其设立的法律依据。

2. 基金财产的法人资格不同。公司型基金具有法人资格，而契约型基金没有法人资格。

3. 发行的凭证不同。公司型基金发行的是股票，契约型基金发行的是受益凭证（基金单位）。

4. 投资者的地位不同。公司型基金的投资者作为公司的股东有权对公司的重大决策发表自己的意见，可以参加股东大会，行使股东权利。契约型基金的投资者购买受益凭证后，即成为契约关系的当事人，即受益人，对资金的运用没有发言权。

5. 基金资产运用依据不同。公司型基金依据公司章程规定运用基金资产，而契约型基金依据契约来运用基金资产。

6. 融资渠道不同。公司型基金具有法人资格，在一定情况下可以向银行借款，而契约型基金一般不能向银行借款。

7. 基金运营方式不同。公司型基金像一般的股份公司一样，除非依据公司法规定到了破产、清算阶段，否则公司一般都具有永久性；契约型基金则依据基金契约建立、运作，契约期满，基金运营相应终止。

第二节　封闭式基金和开放式基金

一、封闭式基金和开放式基金的概念

1. 封闭式基金的概念

封闭式基金是指基金的发起人在设立基金时，限定了基金单位的发行总额，筹集到这个总额后，基金即宣告成立，并进行封闭，在一定时期内不再接受新的投资。基金单位的流通采取在交易所上市的办法，投资者以后要买卖基金单位都必须经过证券经纪商，在二级市场上进行竞价交易。封闭式基金的期限是指基金的存续期，即基金从成立之日起到结束之日止的整个时间段。

依据《证券投资基金管理暂行办法》，设立封闭式基金需满足以下条件：

（1）基金主要发起人是按照国家有关规定设立的证券公司、信托投资公司、基金管理公司。

（2）每个发起人的实收资本不少于3亿元，主要发起人有3年以上从事证券投资经验、连续盈利的记录，但是基金管理公司除外。

（3）发起人、基金托管人、基金管理人有健全的组织机构和管理制度，财务状况良好，经营行为规范。

（4）基金托管人、基金管理人有符合要求的营业场所、安全防范设施和与业务有关的其他设施等。

2. 开放式基金的概念

开放式基金是指基金发起人在设立基金时，基金单位的总数是不固定的，可视经营策略和发展需要追加发行。投资者也可根据市场状况和各自的投资决策，或者要求发行机构按现期净资产值扣除手续费后赎回股份或受益凭证，或者再买入股份或受益凭证，增加基金单位份额的持有比例。

依据《开放式证券投资基金试点办法》，设立开放式基金需满足以下条件：

（1）开放式基金的设立需有合格的基金管理人和基金托管人。

（2）开放式基金的设立需有合格的注册登记机构。

（3）开放式基金的设立需有明确的产品。

二、封闭式基金与开放式基金的区别

（1）期限不同。封闭式基金通常有固定的封闭期，而开放式基金一般不规定存续期限，投资者可随时向基金管理人赎回。

（2）基金单位规模的可变性不同。封闭式基金在招募说明书中列明其基金规模在存续期内一般保持不变，开放式基金的基金单位数目随着投资者的赎回和认购行为的发生，经常处于变动之中。

（3）基金单位转让方式不同。封闭式基金的基金单位在封闭期限内不能要求基金公司赎回，只能寻求在证券交易场所出售或柜台市场上出售给第三者。开放式基金的投资者则可以在首次发行结束一段时间后，随时向基金管理人或中介机构提出购买或赎回申请。

（4）基金单位的交易价格计算标准不同。封闭式基金的买卖价格受市场供求关系的影响，并不必然反映公司的净资产值，有可能进行溢价或折价交易。开放式基金的交易价格则取决于基金的每单位资产净值的大小，其认购和赎回价格基本是围绕单位资产净值变动的。

（5）投资策略不同。封闭式基金的基金单位数不变，基金份额是不可赎回的，不必随时准备将基金资产变现以用于向投资者支付赎回请求，因此基金可进行长期投资，基金资产的投资组合能有效地在预定计划内进行。开放式基金因基金单位可随时赎回，为应付投资者随时赎回兑现，基金资产不能全部用来投资，更不能把全部资本用来进行长线投资，必须保持基金资产的流动性，在投资组合上需保留一部分现金和可随时兑现的金融产品。

三、开放式基金与封闭式基金相比的优势

1. 市场优胜劣汰机制强

如果开放式基金业绩优良，投资者购买基金的资金持续流入，导致基金资产增加。如果基金经营不善，投资者通过赎回基金的方式撤出资金，导致基金资产减少。这样就使规模大的基金业绩更好，愿意买它的人更多，从而规模变得更大，形成良性循环。反之，亦然。开放式基金的这种优胜劣汰机制，建立了良好的市场选择功能。另外，由于基金管理公司是按照基金规模提取管理费的，所以开放式基金对基金管理人的激励约束效应明显要强于封闭式基金。

2. 流动性好

基金管理人必须保持基金资产充分的流动性，以应付可能出现的大规模赎回，不会集中持有大量难以变现的资产，这会减少基金的流动性风险。

3. 透明度高

除履行必备的信息披露外，开放式基金一般每日公布资产净值，实时准确地体现出基金的真实价值。

4. 便于投资

投资人可以随时在开放式基金的各个指定销售场所进行申购和赎回，由于开放式基金往往会选择营业网点分布广泛的机构，如全国性的商业银行作为代销机构，所以投资开放式基金十分便利。而且开放式基金独具的优胜劣汰机制，会促使基金管理人更加注重诚信、声誉和强调优良的客户服务，这些都有利于投资者的投资。

5. 直接面对投资者

开放式基金的基金管理公司会同投资者直接打交道，投资者可以享受到基金管理公司或代销商的一系列服务，比如，基金资产净值、费率、基金账户的查询和各种理财咨询等；而封闭式基金一旦发行完毕，投资者和基金管理公司之间就没有多少联系，投资者享受到的服务十分有限。

第三节 股票型基金、债券型基金、混合型基金、货币市场基金和保本基金等

依据投资对象的不同，可以将证券投资基金分为股票型基金、债券型基金、混合型基金和货币市场基金，不同的投资对象会给投资者带来不同的风险和收益水平。这种分类简单明确，是基金公司在进行产品营销时较为常用的分类，对投资者具有直接的参考价值。

一、股票型基金

股票型基金（又称股票基金）是以股票为主要投资对象的基金，是证券投资基金的主要种类。股票型基金作为一种投资工具，在资本市场中占有重要地位。以美国为例，2005 年美国股票型基金净资产为 49 000 亿美元，占美国共同基金的 55%[①]。我国的证券投资基金中也是以股票型基金和偏股型基金居多。

股票型基金按照投资对象可分为优先股基金和普通股基金。优先股基金可获取稳定收益，风险较小，收益分配主要是股利。普通股基金是最普遍的基

① 数据来源 ICI：2006FACT BOOK。

金，该类基金以追求资本利得和长期资本增值为目的，风险较优先股基金大。

按照投资分散化程度，可将股票型基金分为一般普通股基金和专门化基金，前者是将基金资产分散投资于各种普通股票上，后者是指将基金资产投资于某些特定行业股票上，如金融行业、电信行业、房地产行业等。一般来说，大多数基金采用分散化投资策略，这样可以有效降低风险。以某个特定行业为投资对象遵循的是集中化投资策略，风险较大，但可能有较好的潜在收益。

在股票型基金中，按照投资对象的规模，又可以分为大盘股基金、中盘股基金、小盘股基金。这三类基金在不同的市场有不同的分类标准。在美国市场，大盘股基金主要投资于总市值大于50亿美元的上市公司；中盘股基金主要投资于总市值在10亿~50亿美元之间的上市公司；小盘股基金主要投资于总市值小于10亿美元的上市公司。在国内证券市场，有一种比较通用的分类方法，该方法对于大盘股、中盘股、小盘股的界定是：将股票按照流通市值排序，累计流通市值前30%的股票为大盘股；累计流通市值中间40%的股票为中盘股；累计流通市值后30%的股票为小盘股。

按基金投资的目的还可将股票型基金分为资本增值型基金、成长型基金及股票收入型基金。资本增值型基金投资的主要目的是追求资本快速增长，以此带来资本增值。该类基金风险高、收益也高，如一些投资于中小企业板和新兴科技类公司的基金。成长型基金投资于那些具有成长潜力并能带来收入的普通股票上，如一些长期进行分红并有利润增长的公司，具有一定的风险。股票收入型基金投资于具有稳定发展前景的公司所发行的股票，追求稳定的股利分配和资本利得，这类基金风险小，收入也不高，主要投资于一些大的蓝筹股和防御类股票。

此外还可以按照投资区域不同分为新兴市场基金、全球股票基金、国际股票基金和单一国家基金等。由于经济的全球化，投资基金不再局限于本国市场，而是在全球范围内寻找投资机会。投资的国际化可以使证券投资基金避免在单一市场表现不佳时遭受重大损失，又可以分享高增长市场的高回报。

股票型基金有如下特点：

（1）与其他基金相比，股票型基金的投资对象具有多样性，投资目的也具有多样性。

（2）与投资者直接投资于股票市场相比，股票型基金具有分散风险、费用较低等特点。对一般投资者而言，个人资本毕竟是有限的，难以通过分散投资种类而降低投资风险。但若投资于股票型基金，投资者不仅可以分享各类股票的收益，而且也可以通过投资于股票型基金而将风险分散于各类股票上，大大降低了投资风险。此外，投资者投资了股票型基金，还可以享受基金大额投资在成本上的相对优势，降低投资成本，提高投资效益，获得规模效益的好处。

（3）从资产流动性来看，股票型基金具有流动性强、变现性高的特点。股票型基金的投资对象是流动性极好的股票，基金资产质量高、变现容易。

（4）对投资者来说，股票型基金经营稳定、收益可观。一般来说，股票型基金的风险比股票投资的风险低，因而收益较稳定。不仅如此，封闭式股票型基金上市后，投资者还可以通过在交易所交易获得买卖差价。基金期满后，投资者享有分配剩余资产的权利。

（5）股票型基金还具有在国际市场上融资的功能和特点。就股票市场而言，其资本的国际化程度较外汇市场和债券市场低。一般来说，各国的股票基本上在本国市场上交易，股票投资者也只能投资在本国上市的股票或在当地上市的少数外国公司的股票。在国外，股票型基金则突破了这一限制，投资者可以通过购买股票型基金，投资于其他国家或地区的股票市场，从而对证券市场的国际化具有积极的推动作用。从海外股票市场的现状来看，股票型基金投资对象有很大一部分是外国公司股票。

二、债券型基金

债券型基金（又称债券基金）是指将基金资产主要投资于债券，通过对债券进行组合投资，寻求较为稳定投资收益的一种类型的基金。债券型基金的投资对象主要包括国债、金融债、企业债、可转债及其衍生品，也在一定程度上参与股票投资。由于债券收益稳定，风险也较小，因而债券型基金的风险性较低，适于不愿过多冒险的稳健型投资者。债券存在不同类型，因此债券型基金也存在不同类型。通常债券可以按发行者的不同分为政府债券、企业债券和金融债券等。根据到期日不同分为长期债券和短期债券。按照等级信用的不同分为高等级债券和低等级债券。债券型基金也由此分为不同类别。

从2002年9月南方基金管理有限公司旗下第一只债券型基金“南方宝元”成立以来，至2010年末，我国的债券型基金已经达到146只[①]。我国的债券型基金主要投资于固定收益品种，包括国债、金融债、企业债、可转债、资产支持证券、央行票据、回购以及中国证监会批准的允许基金投资的其他固定收益类金融工具，而且还可以通过参与一级市场的新股申购来提高收益率。目前我国的债券流通市场分为交易所市场和银行间债券市场两部分。后者无论从流通量、参与主体和品种上都远远超出前者。在银行间债券市场上，投资者主要是商业银行总行及其授权分行、保险公司、证券公司、农村信用联社以及

① 数据来源 酷基金网。

外资保险公司、外资银行等众多类型的金融机构，也包括证券投资基金。在交易所市场，主要投资者是保险公司、企业、证券投资基金以及个别券商。债券型基金的推出，提供了个人投资者进入债券二级市场的渠道，有效解决了债券市场分割的问题。

当然债券型基金并不是没有风险的。选择债券型基金很大程度上要分析债券市场的风险和收益情况。具体来说，如果经济处于上升阶段，利率趋于上调，那么这时债券市场投资风险加大，尤其是在债券利率属于历史低点时，就更要慎重。反之，如果经济走向低潮，利率趋于下调，部分存款便会流入债券市场，债券价格就会呈上升趋势，这时进行债券投资可获得较高收入，尤其是在债券利率属历史高点时，收益更为可观。总之，利率的走势对于债券市场影响最大，在利率上升或具有上升预期时不宜购买债券型基金。此外通货膨胀、信用风险等都会成为影响债券价格波动的因素。投资者应根据自己的风险承受能力选择偏债型基金和纯债型基金。纯债型基金除新股申购外全部资金投资于债券，而新股申购一般风险较小，因此纯债型基金的风险集中在债券市场。偏债型基金以债券投资为主，也参与股票投资，因此风险来自于债券市场和股票市场两个方面。一般来说，纯债型基金风险相对小于偏债型基金，当然相应的收益预期也较小。投资者在选择偏债型基金时还要特别注意股票市场走势，若股市走强，选择偏债型基金可能是较好的选择。

在存款利率偏低、证券市场风险较高、个人难以参与债券市场投资的情况下，债券型基金的出现，为人们提供了一种全新的投资选择，可以较好地满足人们“低风险、稳定收益”的投资需求。

三、混合型基金

混合型基金（hybrid fund）指将资产混合配置于股票、债券、期权等各类金融资产的基金类型，通常也被称为平衡型基金（balanced funds）。混合型基金是基金市场中与股票型基金、债券型基金和货币市场基金相并列的一个大基金类别。

按照美国投资公司协会的划分标准，混合型基金可以分为资产配置基金（asset allocation funds）、平衡型基金（balanced funds）、灵活组合基金（flexible portfolio funds）和混合收入型基金（income mixed funds）四种类型。

资产配置基金通过混合投资股票、债券和货币市场工具来达到较高的总体回报。与灵活组合基金不同，资产配置基金严格要求保持在各种证券、金融工具间的投资比例。全球资产配置基金，对不同市场资产在全球进行配置。

平衡型基金通过投资一个特定的股票、债券组合，来兼顾资产保值、一定的现金收入、资本增值三个目标。这类基金也通常保持各部分资产的目标配置比例。

灵活组合基金通过混合投资股票、债券和货币市场工具，来取得较高的总体回报，资产组合在某一时刻可以完全只是一种证券，而在另一时刻又是其他证券的组合，该种基金随市场条件的变化而不断调整其投资组合。

混合收入型基金通过投资各种年现金收入较高的证券，包括股票、固定收入证券，来达到每年高现金收入的目标。

在投资领域，收益与风险一直是个矛盾体。如果股票市场不景气，低风险的债券基金的表现就会好一些，但如果股票市场景气度回升，股票基金表现又要远远好过债券基金。债券基金因此也成为机构赎回的重灾区。如何平衡这一矛盾体，成为基金业关注的热门话题。而所谓混合型基金，就是股票基金与债券基金的混合体。它与传统基金的区别在于，牛市可以积极加大股票投资，熊市可以完全放弃股票投资。换言之，它根据时机的不同，可以成为最积极的股票基金，也可以成为最纯粹的债券基金。对于混合型基金管理人而言，由于资产配置的弹性空间极大，基金的收益与风险完全取决于管理人对资本市场的判断，因此管理难度较大。但这也给了管理人充分发挥的空间。所以，影响混合型基金业绩的最主要的因素将取决于基金管理人的素质高低。

值得投资者注意的是，混合型基金由于具备投资的多样性，因此与其他类型基金并不具备可比性。衡量基金管理人运作水准高低的唯一因素是它的投资回报率。所以，混合型基金可能会采取与银行利率或与国债利息挂钩的比较基准。

四、货币市场基金

1. 货币市场基金的含义

货币市场基金首先是开放式基金大家族中的一种，并且它是介于银行存款和其他各种证券投资基金（比如股票型基金、债券型基金等）之间的一种理财工具。也就是说，对于投资者而言，购买货币市场基金所承担的风险是所有基金产品中最小的，而流动性却是开放式基金大家族里最高的，且收益十分稳定。总之，货币市场基金是一种具有高安全性、高流动性和高稳定性的证券投资基金品种。在很多发达国家，它几乎是家庭和企业最主要的投资理财工具。国内自首只货币市场基金——“华安现金富利投资基金”正式成立起，截至2010年末，已经发行了62只货币市场基金。

2. 货币市场基金的投资运作范围

顾名思义，货币市场基金是以货币市场工具为投资对象的基金。目前，基金的投资范围主要包括短期国债（剩余期限小于397天）、中央银行票据、银行背书的商业汇票、银行承兑汇票、银行定存和大额可转让存单以及期限在一年内的回购等货币市场工具等。实际上，上述这些货币市场基金投资的范围都是一些高安全系数和稳定收益的品种，所以对于很多希望回避证券市场风险的企业和个人来说，货币市场基金是一个天然的避风港，在通常情况下既能获得高于银行存款利息的收益，又保障了本金的安全。

3. 购买货币市场基金，投资者享受的投资收益

国内很多投资者偏好银行储蓄，但在连续多年不断下降的利率环境下，又苦于没有能力去投资较高风险的股票或其他各类投机品种。而货币基金在国外又称“准储蓄”（或“类储蓄”），它是一种比储蓄收益更具潜力的投资。在确保安全和流动性的基础上，按照我们进行的测算，投资货币基金在2003—2007年的平均年回报率超过3%，远远高于同期银行一年期定期存款。

4. 购买货币市场基金，投资者将承担的风险

货币市场基金投资范围全部是短期的、高安全性的货币市场品种，而投资目标就是赚取这些短期投资品种的票面利率。客户购买了货币市场基金，既可以获得相应的投资收益，今后条件成熟时又可以对在货币市场基金中以基金单位形式持有的资金直接消费、转账、签发支票等。此外，货币市场基金投资工具的到期时间很短、质量较高且相对稳定，因此具有高度流动性，不易受制于市场波动，基金也极少发生持有品种的发行主体不能如约还本付息的情况。所以，风险在整个基金家族中是最小的，“准储蓄”的别名也由此而来。

5. 货币市场基金的投资特点

（1）与银行存款相比，货币市场基金的不同之处。

货币市场基金虽然是一种“类储蓄”产品，但和储蓄却有一定区别。第一，体现在税收上，我国的存款利息收入要缴纳20%利息税，但持有货币市场基金所获得的利息收入可享受免税政策。第二，对于收益稍高的银行定期储蓄来说，储户往往在急需用钱时就不能及时取回，而对于能随时存取款的活期储蓄，储户得到的税后利息收入又极低，而货币市场基金却可以随时申购，赎回时只要提前一周左右通知银行，而绝大多数情况下收益要大于定期存款的利息收益。泰信基金管理有限公司设计并推出的货币市场基金——“流动收益基金”正是很好地体现出了这一点。第三，对于很多潜在的股票市场投资者，在股市低迷的时候可以持有货币市场基金份额避险，获得稳定收益，而在股市转好的时候可以迅速转换为股票型基金，享受牛市的超额回报，这种快捷便利的转换功能是银行储蓄所不能提供的。

（2）货币市场基金和其他开放式基金产品的区别。

第一，投资范围的区别。其他开放式基金产品以投资资本市场为主，而货币市场基金则专注于货币市场。

第二，计价单位和方式的区别。货币市场基金每份单位始终保持在1元，超过1元后的收益会按时自动转化为基金份额，拥有多少基金份额即拥有多少资产，十分简明直接。而其他开放式基金是份额固定不变、单位净值累加的，投资者只能依靠基金每年的分红来实现收益。也正是由于货币市场基金的单位净值保持在1元不变，所以今后时机成熟时货币市场基金才能衍生出转账、直接消费、签发支票等“类货币”功能。

第三，基金费率的区别。货币市场基金基本不收申购赎回费，管理费也是所有开放式基金产品中最低的，从这点上说，货币市场基金直接降低了投资者的成本，以最低的价格享受到了专家理财。

6. 投资货币市场基金的便利

(1) 货币市场基金的申购赎回和管理费的收取。

货币市场基金通常不收取申购赎回费，充分保证了投资者的进出自由，货币市场基金管理人提取的管理费和营销费用之和也是所有基金品种中最低的。一般来看，管理费和营销费用总计在0.5%左右，而目前绝大多数股票型基金的管理费为1.5%，是货币市场基金的3倍。目前债券型基金的管理费为0.8%~1%，也比货币市场基金管理费高出了60%~100%。可见，货币市场基金的成本是非常低的。

(2) 投资货币市场基金能给投资者、储户在理财上带来的便利。

①货币市场基金的推出为广大投资者拓宽了投资渠道，当前大量资金囤积于银行不是因为银行存款利息高，而是除了储蓄外没有一个安全稳定收益的渠道供投资者、储户来参与，货币市场基金就为这部分投资者架起了桥梁。

②货币市场基金为投资者提供了跨市场投资操作的便利。货币市场基金可以参与到交易所市场、银行间市场乃至票据市场，这种跨多个市场和品种进行交易的条件是绝大多数个人或者机构投资者所不能比的，这也是货币市场基金通常能取得比银行存款收益高的原因之一。

③除了能够跨市场操作外，货币市场基金还可以最大限度地实现规模效益。用汇集而来的数以十亿计的资金进行金融“批发”业务，以争取到较优惠的价格，从而为投资人带来较高的收益。

④货币市场基金的最低认购金额较低，且不收申购赎回费，是真正的属于普通投资者的基金。有的货币市场基金甚至可能没有最低认购金额限制。

⑤品种转换上的便利。货币市场基金可与同一个系列中的股票型基金互相转换。无论在熊市或者牛市，持有人都可以根据自己的意愿灵活转换，实现套利操作或者避险操作，真正把投资人资金的使用效率发挥到最高。

五、保本基金

1. 保本基金的含义

保本基金是一种半封闭式的基金品种。基金在一定的投资期内（如3年或5年）为投资者提供一定固定比例（如100%、102%或更高）的本金回报保证，除此之外还通过其他的一些高收益金融工具（股票、衍生证券等）的投资保持了为投资者提供额外回报的潜力。投资者只要持有的基金到期，就可以获得本金回报的保证。在市场波动较大或市场整体低迷的情况下，保本基金为风险承受能力较低，同时又期望获取高于银行存款利息回报，并且以中长线投资为目标的投资者提供了一种低风险同时又保有升值潜力的投资工具。

2. 保本基金的发展

保本基金于20世纪80年代中期起源于美国。其核心是投资组合保险策略。由伯克利大学金融学教授创始的这项技术1983年被首次应用于金融机构的投资管理运作实践中，且在80年代中期得到蓬勃发展。我国香港地区最早发行的一批保本基金是2000年3月推出的“花旗科技保本基金”和“汇丰90%科技保本基金”，封闭期分别为2.5年和2年，目前都已到期。现在香港地区已经成为世界上保本基金最为集中并且发展最为健康的地区之一，国际上众多知名投资管理公司都在这里推出了不同类型的保本基金。目前基于期权的组合保险策略（OBPI）和固定比例组合保险策略（CPPI）在香港地区保本基金的运作机制中被广泛采用，其中OBPI策略占主导地位。由于中国内地没有一个发达的金融衍生工具市场，缺乏通过金融衍生工具进行对冲的机制，保本基金发展起步较晚。自2003年6月第一只保本基金“南方避险增值”成立以来，内地先后有9只保本基金成立，但至2010年6月仅剩下5只（如表2—1所示）。另4只保本基金在到期后转型为其他类型基金，其中“金元比联宝石动力保本”转型为混合型投资基金，“万家保本增值”转型为债券型基金，“国泰金象保本增值”转型为沪深300指数基金，“嘉实浦安保本”转型为嘉实优质企业股票。保本基金的发展在我国整体上呈现萎缩的状态。内地保本基金基本按照恒定比例投资组合保险（CPPI）的机制进行资产配置的策略。也就是说，遵循保本增值的投资理念，把债券投资的潜在收益与基金前期已实现收益作为后期投资的风险损失限额。保本基金主要投资权益类和固定收益类资产，而CPPI策略就是要让股票负面的损失不超过固定收益类的收益，达到保本和增值的目标。实际上，保本基金里固定收益类资产的收益部分起到了“防护垫”的作用。

3. 保本基金的选择

在选择保本基金时应主要关注以下几个方面：

表 2—1 **保本基金一览表**

基金名称	成立时间	基金类型
国泰金鹿保本增值2期	2008-06-12	保本基金
银华保本增值	2004-03-02	保本基金
南方避险增值	2003-06-27	保本基金
南方恒元保本	2008-11-12	保本基金
交银施罗德保本	2009-01-21	保本基金

资料来源：好买基金研究中心。

（1）基金的期限不同。各个基金的保本期限不同，有的是2年，有的是3年，甚至更长。在保本期限内一般不应赎回，投资者应综合考虑自己的资金状况。

（2）保本的比例不同。保本基金的保本率在中国现在基本上是100%，但是在国际市场上保本率还是有所差异的。

（3）资产的配制不同，就是说参加股市的比例不同。保本基金分两个部分，股票和债券。不同的保本基金参与股市的比例是不同的。

（4）投资内容不同。基金管理公司投资的是股市的具体板块、具体行业，这也会直接影响到增值潜力的大小。

（5）管理方式不同。保本基金的管理方式有的是比较短期的每1个月或者每3个月调整一次，有的是1年调整一次。

（6）担保机构不同。承诺保本，如果达不到承诺怎么办？谁来担保你一定能够保本。不同的保本基金用不同的券商或者银行来做担保机构。

为解决保本基金发展过程中速度缓慢的问题，证监会于2010年9月出台了《关于保本基金的指导意见》（以下简称《指导意见》），从放宽投资渠道、降低担保机构门槛和明确担保责任等多方面来改善保本基金发展的外部环境，为保本基金的发展保驾护航。《指导意见》出台，对保本基金运作方式的改善提供了较大的支持，随着各项法律法规的健全和各种衍生产品的推出，保本基金的保本策略将越来越多样化，保本基金也将获得更快的发展。

六、按照投资目的不同的分类

除了按投资对象分类外，按照投资目的分类也是比较常见的分类方法，可以将证券投资基金分为成长型基金、收入型基金和平衡型基金。成长型基金是指以追求资本增值为基本目标，较少考虑当期收入的基金，主要以具有良好增长潜力的股票为投资对象。收入型基金是指以追求稳定的经常性收入为基本目标的基金，该类基金主要以大盘蓝筹股、公司债券、政府债券等高收益证券为投资对象。平衡型基金则是既注重资本增值又注重当期收益的一类基金。

成长型基金的投资目标是长期资本增值。一些成长型基金投资范围很广，包括很多行业；一些成长型基金投资范围相对集中，比如集中投资于某一类行业的股票或价值被认为低估的股票。成长型基金价格波动一般要比保守的收益型基金或货币市场基金要大，但收益一般也要高。一些成长型基金也衍生出新的类型，例如资金成长型基金，其主要目标是争取资金的快速增长，有时甚至是短期内的最大增值，一般投资于新兴产业公司等。这类基金往往有很强的投机性，因此波动也比较大。

收入型基金是以追求基金当期收入为投资目标的基金，其投资对象主要是那些大盘蓝筹股、公司债券、政府债券和可转让大额存单等收入比较稳定的有价证券。收入型基金一般把所得的利息、红利都分配给投资者。这类基金虽然成长性较弱，但风险相应也较低，适合于保守的投资者和退休人员。

平衡型基金是既追求长期资本增值，又追求当期收入的基金。这类基金主要投资于债券、优先股和部分普通股。这些有价证券在投资组合中有比较稳定的组合比例，一般是把资产总额的25%~50%用于优先股和债券，其余的用于普通股投资。其风险和收益状况介于成长型基金和收入型基金之间。平衡型基金由于风险和收益比较中性，受到很多投资者的青睐，在美国就有近1/4的开放式基金采用平衡型基金的形式。

七、其他特殊类型的基金

1. 指数型基金（又称指数基金）

指数型基金是一种以拟合目标指数、跟踪目标指数变化为原则，实现与市场同步成长的基金品种。指数基金的投资采取拟合目标指数收益率的投资策略，分散投资于目标指数的成分股，力求股票组合的收益率拟合该目标指数所代表的资本市场的平均收益率。指数基金是成熟的证券市场上不可缺少的一种基金，在西方发达国家，它与股票指数期货、指数期权、指数权证、指数存款和指数票据等其他指数产品一样，日益受到包括交易所、证券公司、信托公司、保险公司和养老基金等各类机构的青睐。

指数型基金是保证证券投资组合与市场指数业绩类似的基金。在运作上，它与其他共同基金相同。指数基金与其他基金的区别在于，它跟踪股票和债券市场业绩，所遵循的策略稳定，在证券市场上的优势不仅包括有效规避非系统风险、交易费用低廉和延迟纳税，而且还具有监控投入少和操作简便的特点，因此，从长期来看，其投资业绩优于其他基金。

指数型基金是一种按照证券价格指数编制原理构建投资组合进行证券投资的一种基金。从理论上来讲，指数基金的运作方法简单，只要根据每一种证券在指数中所占的比例购买相应比例的证券，长期持有即可。

对于一种纯粹的被动管理式指数基金，基金周转率及交易费用都比较低。管理费也趋于最小。这种基金不会对某些特定的证券或行业投入过量资金。它一般会保持全额投资而不进行市场投机。当然，不是所有的指数基金都严格符合这些特点。具有不同指数性质的基金也会采取不同的投资策略。

美国是指数基金最发达的西方国家。先锋集团率先于1976年在美国创造第一只指数基金——“先锋500指数基金”。指数基金的产生，造就了美国证券投资业的革命，迫使众多竞争者设计出低费用的产品迎接挑战。到目前为止，美国证券市场上已经有超过400种指数基金，而且每年还在以很快的速度增长，最新也是最令人激动的指数基金产品是交易所交易基金（ETFs）。如今在美国，指数基金类型不仅包括广泛的美国权益指数基金、美国行业指数基金、全球和国际指数基金、债券指数基金，还包括成长型、杠杆型和反向指数基金，交易所交易基金则是最新开发出的一种指数基金。

指数型基金在我国证券市场上的迅猛发展得益于该基金特有的上述优势。2002年6月，在上证所推出上证180指数仅半年的时间，深交所也推出深证100指数。之后，国内第一只指数基金——“华安上证180指数增强型证券投资基金”面市。2003年年初，又一只紧密跟踪上证180指数走势的基金——“天同上证180指数基金”也上市发行。到2010年11月，我国已发行指数基金85只。然而，指数基金在中国的发展并不是一帆风顺的，为了规避系统风险及个股投资风险，我国的优化指数型基金采取了与国外指数基金不完全相同的操作原则。其差异主要表现为：国内优化指数型基金的管理人可以根据对指数走向的判断，调整指数化的仓位，并且在主观选股的过程中，运用调研与财务分析优势，防止一些风险较大的个股进入投资组合。随着我国证券市场的不断完善，以及基金业的蓬勃发展，相信指数基金在中国将有很大的发展潜力。

2. 基金中的基金（fund of fund，FoF）

这是以其他基金为投资对象的一种特殊类型的基金。其目的是使投资风险进一步降低。该基金分为两种：一是只投资于自身基金公司新设立的基金；二是投资于市场上具有较好业绩的基金。

与其他投资基金相比，这种基金以其他基金作为投资对象，实行的是双重的专家管理，有利于分散风险。其优势主要体现在：简单性，以基金为投资对象，简化了投资选择的过程，节省了投资者的时间和精力；多样性，因为投资对象是基金，因此投资人只需较少的资金就可以进行分散投资；专业理财，基金的买卖和转换等一般由基金经理人来决定。

FoF最早诞生于美国，是一种投资非关联证券投资基金的基金形式，因此被称为“基金中的基金”。和传统的基金相比，FoF的特点是风险低，同时收益可观。FoF在海外已经有了长足发展，以美国为例，迄今美国已有FoF产品213只，资产规模达到480亿美元。在中国，FoF刚刚起步，国内首只基金中的基金是由招商证券发行的“基金宝”，主要投资于开放式基金和封闭式基金，并适时参与ETF套利。

3. 伞形基金

伞形基金是基金的一种组织形式。伞形基金主要通过运用“雨伞”架构来满足投资者不同的投资需求。基金发起人根据一份总的基金招募书，设立多只相互之间可以根据规定的程序及费率水平进行转换的基金，这些基金称为“子基金”。每个子基金都有特定的投资目标和特征，投资者可以方便且低成本地在各子基金之间转换。由这些子基金共同构成的这一基金体系称为“伞形基金”。如“湘财合丰”三只行业类别基金，就采用了这种组织结构。它由价值优化型成长类、周期类、稳定类三只基金组成。

和单一结构的基金模式比较，伞形基金具有以下优势：

（1）伞形基金能够满足不同投资者在投资目标、投资对象、投资地区、投资方向等方面的个性化投资需求，可以在同一品牌下更广泛地吸引具有不同投资偏好的投资者。

（2）相对于单一基金来说，投资者可以在伞形基金下的不同子基金之间进行便捷、费用低廉的转换，大大降低了投资者多次投资的成本。

（3）伞形基金旗下各子基金在同一个管理架构内进行运作，使得伞形基金在托管、审计、法律服务、管理费用等方面享有规模经济优势，降低了基金管理公司的管理成本。

（4）多个不同的基金品种集中于同一伞形基金的品牌下，可以更好地突出该基金规模庞大、品种齐全、管理统一的优势。同时，也大大地增强了基金管理公司的扩张功能，基金管理公司可以对各种不同的市场如债券市场、股票市场进行细分，在同一基金品牌下设计出针对不同投资者偏好的子基金。

第四节 交易所交易基金ETF和上市交易基金LOF

一、交易所交易基金ETF

1. ETF的含义

ETF是exchange traded fund的英文缩写，即“交易型开放式指数证券投资基金”，简称“交易型开放式指数基金”，又称“交易所交易基金”。

ETF是一种特殊形式的开放式指数基金，它集封闭式基金可以上市交易、开放式基金可以自由申购或赎回、指数基金高度透明的投资管理等优点于一身，克服了封闭式基金折价交易、开放式基金不能上市交易并且赎回压力较大、主动性投资缺乏市场择机和择股能力等缺陷，同时又最大限度地降低了投资者的交易成本。

ETF通常由基金管理公司管理，基金资产为一篮子股票组合，组合中的股票种类与某一特定指数（如上证50指数）包含的成分股票相同，股票数量比例与该指数的成分股构成比例一致。例如，上证50指数包含中国联通、浦发银行等50只股票，上证50指数ETF的投资组合也应该包含中国联通、浦发银行等50只股票，且投资比例同指数样本中各只股票的权重对应一致。换句话说，指数不变，ETF的股票组合不变；指数调整，ETF投资组合要作相应调整。

ETF是20世纪末在美国出现的一种新型的开放式基金。它是随着组合交易和程序化交易技术的发展、完善应运而生的。投资者可以通过下达一个单一的交易指令，一次性完成一个投资组合的交易。这种组合交易技术的出现，不仅为大额交易商节省了交易时间，减少了交易成本，而且为ETF的诞生和运作提供了有力的技术支持。1993年1月，世界上首只交易所交易基金在纽约证券交易所上市，跟踪的标的是标准普尔500指数。国内的第一只ETF是由华夏基金管理公司管理的上证50ETF，之后又相继出现了上证180ETF和深证100ETF等，中小板ETF也在酝酿之中。

2. ETF的特点

ETF作为一种特殊形式的开放式证券投资基金具有以下显著特点：

（1）基金份额在证券交易所上市交易，投资者如同买卖封闭式基金一样买卖ETF，并获得与该ETF目标指数基本相同的报酬率。

（2）申购赎回交付的通常是一篮子目标指数成分股票加少量现金，即申购赎回采用实物交付，不同于传统开放式基金的现金申购赎回。

（3）申购赎回申报的最小单位（简称最小申购赎回单位）通常较大（以深证100ETF为例，为100万基金份额），申购赎回申报必须是最小申购赎回单位的整数倍。因此，申购赎回主要适合机构投资者和大额资金的个人投资者参与。

（4）基金的投资目标是尽力使基金净值跟踪目标指数走势而不是超越目标指数，一般采用被动式管理，基金经理根据指数成分股的构成被动地决定基金资产所投资的股票，且跟指数成分股权重保持基本一致，指数成分股调整时，基金资产组合跟着进行相应调整。

（5）管理费用与交易成本低。由于采取被动式管理，不需要主动选股，降低了管理费用。ETF 的管理年费率通常在 0.3% ~0.5% 之间，较传统开放式基金管理年费率（约1.0%~1.5%）要低；由于申购赎回用实物交付，基金资产买卖活动较少，交易成本很低。

（6）可以进行套利操作。首先，当 ETF 在交易所市场的报价低于其资产净值时，可以在二级市场以低于资产净值的价格大量买进 ETF，然后于一级市场赎回一篮子股票，再于二级市场中卖掉股票，赚取之间的差价。这一套利机制，将可促使 ETF 在交易所市场的交易价格受到机构套利买盘进场而带动报价上扬，缩小其折价差距，产生让 ETF 的市场交易价格与基金份额净值趋于一致的效果。其次，当 ETF 在交易所市场的报价高于其资产净值时，也就是发生溢价时，机构可以在二级市场买进一篮子股票，然后于一级市场申购 ETF，再于二级市场中以高于基金份额净值的价格将此申购得到的 ETF 卖出，赚取之间的差价。这一套利机制，将可促使 ETF 在交易所市场的交易价格收到机构套利卖盘进场而带动报价下跌，缩小其溢价差距，同样产生让 ETF 的市场交易价格与基金份额净值趋于一致的效果。所以 ETF 一般不会出现大的折价或溢价现象，也正是由于这一套利机制，让机构和中小投资者乐于积极地参与 ETF 交易，进而带动 ETF 市场的活跃。

二、上市交易基金 LOF

1. LOF 的含义

LOF（listed open-end fund），也称上市型开放式基金，是一种既可以在交易所上市交易，又可以通过基金管理人或其委托的销售机构以基金净值进行申购、赎回的开放式证券投资基金。

LOF 基金的持有人可自行选择场内交易或场外交易两种交易方式。由于上市基金的份额采取分系统托管原则，托管在证券登记系统中的基金份额只能在证券交易所集中交易，托管在中国结算的注册登记系统（TA）的基金份额只能进行认购、申购、赎回，因此基金持有人交易方式的改变必须预先进行基金份额的市场间转托管。LOF 基金权益分派由证券登记系统和 TA 系统各自分别进行，证券登记系统只存在现金红利权益分派方式，TA 系统存在现金红利和红利再投资两种权益分派方式。

2. LOF 的特点

LOF 的问世为投资者带来新的跨市场套利机会。由于在交易所上市，又可以办理申购赎回，所以二级市场的交易价格与一级市场的申购赎回价格会产生背离，由此产生套利的可能。当 LOF 的网上交易价格高于基金份额净值、认购费、网上交易佣金费和转托管费用之和时，网下买入网上卖出的套利机会就产生了。同理，当某日基金的份额净值高于网上买入价格、网上买入佣金费、网下赎回费和转托管费用之和时，就产生了网上买入网下赎回的套利机会。

在以套利为目的的操作中，投资者必须考虑时间因素带来的风险。LOF的网上交易回转机制与封闭式基金一样，实施T+1回转制度，网下赎回则按基金契约的相关规定，一般实行T+7或T+5的回转制度，再加上2天的转托管时间，因此网下认购网上卖出最快时间也要3天，期间要承担3日内基金价格变动的风险。而网上买入网下赎回的时间则至少需要7~9天，期间需承担2个交易日基金净值变动的风险。

三、ETF和LOF的关系

1. ETF和LOF的相似点

（1）同跨两级市场

ETF和LOF都同时存在一级市场和二级市场，都可以像开放式基金一样通过基金发起人、管理人、银行及其他代销机构网点进行申购和赎回。同时，也可以像封闭式基金那样通过交易所的系统买卖。

（2）理论上都存在套利机会

由于上述两种交易方式并存，申购和赎回价格取决于基金单位资产净值，而市场交易价格由系统撮合形成，主要由市场供需决定，两者之间很可能存在一定程度的偏离，当这种偏离足以抵消交易成本的时候，就存在理论上的套利机会。投资者采取低买高卖的方式就可以获得差价收益。

（3）折溢价幅度小

虽然基金单位的交易价格受到供求关系和当日行情的影响，但它始终是围绕基金单位净值上下波动的。由于上述套利机制的存在，当两者的偏离超过一定的程度，就会引发套利行为，从而使交易价格向净值回归，所以其折溢价水平远低于单纯的封闭式基金。

（4）费用低，流动性强

在交易过程中不需申购和赎回费用，只需支付最多0.5%的双边费用。由于同时存在一级市场和二级市场，流动性明显强于一般的开放式基金。另外，ETF属于被动式投资，管理费用一般不超过0.5%，远远低于开放式基金1%~1.5%的水平。

2. ETF和LOF的差异点

（1）适用的基金类型不同

ETF主要是基于某一指数的被动性投资基金产品，而LOF虽然也采取了开放式基金在交易所上市的方式，但它不仅可以用于被动投资的基金产品，也可以用于经济投资的基金。

（2）申购和赎回的标的不同

在申购和赎回时，ETF 与投资者交换的是基金份额和一篮子股票，而 LOF 则是基金份额与投资者交换现金。

（3）参与的门槛不同

按照国外的经验和“华夏基金上证 50”ETF 的设计方案，ETF 申购赎回的基本单位是 100 万基金单位，起点较高，适合机构客户和有实力的个人投资者；而 LOF 产品的申购和赎回与其他开放式基金一样，申购起点为 1 000 基金单位，更适合中小投资者参与。

（4）套利操作方式和成本不同

ETF 在套利交易过程中必须通过一篮子股票的买卖，同时涉及基金和股票两个市场，而对 LOF 进行套利交易只涉及基金的交易。更突出的区别是，上交所关于 ETF 的设计，为投资者提供了实时套利的机会，可以实现 T+0 交易，其交易成本除交易费用外主要是冲击成本；而深交所目前对 LOF 的交易设计是申购和赎回的基金单位和市场买卖的基金单位分别由中国注册登记系统和中国结算深圳分公司系统托管，跨越申购赎回市场与交易所市场进行交易必须经过系统之间的转托管，需要两个交易日的时间，所以 LOF 套利还要承担时间上的等待成本，进而增加了套利成本。

四、ETF 和 LOF 的市场影响

1. ETF 的市场影响

ETF 完全复制指数的投资策略将会进一步推动指数化投资理念在中国股票市场的运用。ETF 基金紧紧跟踪某一有代表性的指数，投资者购买一个基金单位，就等于按权重购买这个指数的所有股票，所以只要这个指数能够充分反映大势的走势情况，投资者就不会出现“赚了指数反而赔钱”的情况，盈亏视大势的走势情况而能够正确地确定。ETF 提供了对标的指数的套利功能，会吸引大量的投资者投资于相应指数的成分股，并时刻紧盯 ETF 价格与成分股组合价值的偏离，大量进行套利操作直至这种偏离回到无套利空间的范围内。这些频繁大量的套利交易，将会提高标的股票的活跃程度，从而促进标的指数的流动性，并减少指数的波动，保持市场的稳定。

2. LOF 的市场影响

LOF 的推出为开放式基金的投资者提供了一种新的退出途径和方式，也为投资者投资基金提供了一种方便的交易方式。随着 LOF 产品的推出，还很有可能导致目前我国开放式基金申购和赎回费用的下降。因为，对于投资者来说，如果二级市场的交易成本与一级申购赎回的费用差距太大，很可能出现发行时认购不利，而在交易所挂牌后交易活跃的局面。还有，LOF 可在封闭式基金和

开放式基金之间搭建桥梁，提供良好的技术平台，如果实施顺利，可以推广到封闭式基金转开放问题的解决上。

第五节 QDII和基金专户理财

一、QDII基金

1. QDII的含义

QDII是合格的境内机构投资者（qualified domestic institutional investor）的首字缩写。它是在一国境内设立，经该国有关部门批准从事境外证券市场的股票、债券等有价证券业务的证券投资基金。和QFII一样，它也是在货币没有实现完全可自由兑换、资本项目尚未开放的情况下，有限度地允许境内投资者投资境外证券市场的一项过渡性的制度安排。2006年11月，“华安国际配置基金”作为基金QDII的试验产品正式运作。2007年7月，证监会颁布《合格境内机构投资者境外证券投资管理试行办法》（以下简称《试行办法》）细则，对QDII准入条件、产品设计、资金募集、境外投资顾问、资产托管、投资运作、信息披露等方面的内容及其实施作出了详尽的规定，基金QDII业务正式开闸。2007年7月26日，南方、华夏两家基金公司获得证监会和外管局批复，具备了开展QDII业务的资格。2007年9月19日，国内首只正式股票型QDII“南方全球精选配置基金”正式发行。截至2010年6月，国内共发行QDII产品13只，如表2—2所示。

表2—2 QDII基金一览表

代　码	基金名称	成立日期	基金类型
040006	华安国际配置	2006-11-02	QDII
202801	南方全球精选	2007-09-19	QDII
000041	华夏全球精选	2007-10-09	QDII
486001	工银全球配置	2008-02-14	QDII
241001	华宝海外中国	2008-05-08	QDII
519601	海富通中国海外	2008-06-27	QDII
519696	交银环球	2008-08-22	QDII
070012	嘉实海外中国	2007-10-12	QDII
377016	上投亚太优势	2007-10-22	QDII
118001	易基亚洲精选	2010-01-21	QDII
183001	银华全球核心	2008-05-26	QDII
217015	招商全球资源	2010-03-25	QDII
160213	国泰纳指100	2010-04-29	QDII

数据来源　中国基金网。

2. 发展 QDII 产品的意义

首先，从外汇储备方面来看，中国外汇储备余额高企，在这种背景下，推出 QDII 产品，不仅能够有效地分流资金，缓解外汇储备的压力，而且也为老百姓手里的外汇寻找更多海外金融投资市场增加了一条新的途径。

其次，对于境内投资者来说，参与国际市场投资增加了一个可供选择的投资渠道。因为，基金管理公司、证券公司是专业的理财机构，可以提供专业化的投资服务，他们推出的 QDII 产品可以让国内投资者投资国际市场，分享全球市场的投资收益，也给国内投资者开通了一条国际化投资渠道，分享国际经济增长的成果。

最后，从行业本身来看，QDII 制度的实施，将有效提高我国资本市场的国际竞争力，提升整个市场的质量和运行效率，对于提高证券公司、基金公司的国际竞争力和国际资产管理水平，树立长期稳健的投资经营理念，提升整个证券行业从业人员的素质都将发挥重要的作用。

3. QDII 产品的投资对象

《试行办法》要求 QDII 必须主要投资于已与中国证监会签署双边监管合作谅解备忘录的国家或地区的证券市场，投资产品包括挂牌交易的股票、债券、存托凭证、房地产信托凭证、公募基金、结构性投资产品、金融衍生品等。从实际操作看，大多数 QDII 产品选择投资亚太等新兴市场国家的证券市场。

4. 合格境内机构投资者资格条件

依照《试行办法》的规定，申请境内机构投资者资格，应当具备下列条件：

（1）申请人的财务稳健，资信良好，资产管理规模、经营年限等符合中国证监会的规定。其中基金管理公司：净资产不少于 2 亿元人民币；经营证券投资基金（以下简称基金）管理业务达 2 年以上；在最近一个季度末资产管理规模不少于 200 亿元人民币或等值外汇资产。证券公司：各项风险控制指标符合规定标准；净资本不低于 8 亿元人民币；净资本与净资产比例不低于 70%；经营集合资产管理计划（以下简称集合计划）业务达 1 年以上；在最近一个季度末资产管理规模不少于 20 亿元人民币或等值外汇资产。

（2）拥有符合规定的具有境外投资管理相关经验的人员。

（3）具有健全的治理结构和完善的内控制度、经营行为规范。

（4）最近 3 年没有受到监管机构的重大处罚，没有重大事项正在接受司法部门、监管机构的立案调查。

（5）中国证监会根据审慎监管原则规定的其他条件。

5. 境外投资顾问资格条件

境外投资顾问是指符合试点办法规定的条件，根据合同为境内机构投资者境外证券投资提供证券买卖建议或投资组合管理等服务并取得收入的境外金融机构。境内机构投资者可以委托符合下列条件的投资顾问进行境外证券投资：

（1）在境外设立，经所在国家或地区监管机构批准从事投资管理业务；

（2）所在国家或地区证券监管机构已与中国证监会签订双边监管合作谅解备忘录，并保持着有效的监管合作关系；

（3）经营投资管理业务达5年以上，最近一个会计年度管理的证券资产不少于100亿美元或等值货币；

（4）有健全的治理结构和完善的内控制度、经营行为规范，最近5年没有受到所在国家或地区监管机构的重大处罚，没有重大事项正在接受司法部门、监管机构的立案调查。

6. 对QDII的监督管理

根据《试行办法》的规定，中国证监会和国家外汇局依法行使监管权。中国证监会和国家外汇局可以要求境内机构投资者、托管人提供境内机构投资者境外投资活动有关资料，必要时，可以进行现场检查。

境内机构投资者有下列情形之一的，应当在其发生后5个工作日内报中国证监会备案并公告：

（1）变更托管人或境外托管人；

（2）变更投资顾问；

（3）境外涉及诉讼及其他重大事件；

（4）中国证监会规定的其他情形。

托管人或境外托管人发生变更的，境内机构投资者应当同时报国家外汇局备案。

境内机构投资者有下列情形之一的，应当在其发生后60个工作日内重新申请境外证券投资业务资格，并向国家外汇局重新办理经营外汇业务资格申请、投资额度备案手续：

（1）变更机构名称；

（2）被其他机构吸收合并；

（3）中国证监会、国家外汇局规定的其他情形。

境内机构投资者运用基金、集合计划财产进行证券投资，发生重大违法、违规行为的，中国证监会可以依法采取限制交易行为等措施，国家外汇局可以依法采取限制其资金汇出入等措施。托管人违法、违规严重的，中国证监会可以依法做出限制其托管业务的决定。境内机构投资者、托管人等违法的，由中国证监会、国家外汇局依法进行相应的行政处罚。

二、基金专户理财

1. 专户理财的含义

基金专户理财又称基金公司特定客户资产管理业务，是指取得特定资产管理业务资格的基金管理公司向特定客户募集资金，或接受特定客户的财产委托担任资产管理人，由商业银行担任资产托管人，为了资产委托人的利益，将其委托财产集合于特定账户，进行证券投资的活动。根据特定客户数量的不同，分为“一对一”专户理财和“一对多”专户理财两种。

2. 专户理财和共同基金的比较

作为投资理财的重要工具，专户理财和共同基金（开放式基金和封闭式基金）有很多相似之处：①它们都有一个明确的投资目标和业绩比较基准。②专户理财和共同基金都有一个专业的投资经理，遵循分散化投资原则。对于没有足够专业能力来进行证券投资的机构和个人，专户理财和共同基金都是很好的选择。

专户理财和共同基金的不同之处也很明显：①如果通过专户理财方式进行投资，资产委托人拥有账户内的证券；而对于共同基金，基金持有人（客户）拥有的是整个基金投资组合权益的一部分，取决于其所拥有的份额，但是并不拥有投资组合中的具体证券。②采用专户理财方式，资产管理人可以对其委托投资管理的投资组合中的具体证券作出限制和选择；而对于共同基金，基金持有人只能认同其所持有基金的投资政策，而不能要求共同基金持有或不持有具体证券，而且除了定期公布的投资组合情况，基金持有人也不了解共同基金持有了什么证券。③专户理财不同于共同基金，投资组合不受其他投资者的行为影响，其他投资者的证券买卖不影响专户理财的投资；而共同基金在面临赎回压力时，有可能卖出投资组合中的证券，影响整个投资组合其他投资者的收益和风险。④专户理财中，资产委托人可以对投资组合的管理有一定的影响力，资产委托人可以选择或避免特定的投资，可以随时知道自己账户内的投资组合，还可以要求资产管理人卖出已经亏损的股票，用这个亏损来抵消这一年中得到的资本利得，或者可以要求推迟卖出已经增值的资产到下一年，以减少潜在的资本利得；共同基金通常完全由基金管理人决定投资，其投资组合情况也是定期公布。⑤专户理财通常需要资产委托人具有较大规模的资金，不适合普通个人投资者；而共同基金对资金规模要求比较低，适合普通投资者。

3. 专户理财在我国的发展

基金专户理财在国内的发展经历了“一对一”到“一对多”两个阶段。2007 年 12 月，中国证监会正式颁布了《基金管理公司特定客户资产管理业务试点办法》（以下简称《试点办法》）以及《关于实施〈基金管理公司特定客户资产管理业务试点办法〉有关问题的通知》，标志着基金公司专户理财试点工作正式展开。此次颁布的《试点办法》共五章四十条，对专户理财的基本含义、从事专户理财业务的基本行为准则和市场准入条件、业务规范、日常监督管理及法律责任作了详细的规定，并特别针对可能出现的利益输送、承诺保底收益、恶性竞争等违法违规行为作了严格规定。试点阶段先允许基金管理公司开展5 000万元以上“一对一”的单一客户理财业务，今后视单一客户理财业务的开展情况，待条件成熟时，再择机推出“一对多”的集合理财业务。随后“一对一”理财迅速开展起来。经过一年半的运行试点，证监会于2009年5月再次颁布《关于基金管理公司开展特定多个客户资产管理业务有关问题的规定》，正式推出“一对多”理财业务。相比“一对一”，“一对多”对资金的要求门槛更低，发展空间更大。数据显示，截至2010年10月15日，已有35家基金管理公司获得特定资产管理业务资格，管理专户资产约为982亿元，其中“一对一”专户管理账户145个，管理资产615.8亿元；“一对多”专户管理账户240个，管理资产366亿元。

4. 专户理财的基本要求

新的规定对专户理财的基本行为准则和市场准入条件、业务规范、日常监督管理及法律责任作了详细的规定。比如，对每个资产管理计划的规模规定：“特定客户委托投资单个资产管理计划初始金额不低于100万元人民币，且为能够识别、判断和承担相应投资风险的自然人、法人、依法成立的组织。基金管理公司为多个客户办理特定资产管理业务的，单个资产管理计划的委托人人数不得超过200人，客户委托的初始资产合计不得低于5 000万元人民币。”

对专户理财的具体运作规定：“单个资产管理计划持有一家上市公司的股票，其市值不得超过该计划资产净值的10%；同一资产管理人管理的全部特定客户委托财产（包括单一客户和多客户特定资产管理业务）投资于一家公司发行的证券，不得超过该证券的10%。资产管理人应当在资产管理合同中约定向资产委托人报告相关信息的时间和方式，保证资产委托人能够充分了解资产管理计划的运作情况。资产管理人每月至少应向资产委托人报告一次经资产托管人复核的计划份额净值。”

复习思考题

1. 简述证券投资基金的基本分类。
2. 什么是开放式基金和封闭式基金？
3. 什么是公司型基金和契约型基金？

4. 货币市场基金有哪些特征?
5. 什么是伞形基金?
6. 什么是基金中的基金?
7. 什么是 ETF 和 LOF?
8. ETF 和 LOF 有哪些区别和联系?
9. 什么是指数型基金?
10. 讨论股票型、债券型和货币市场基金的不同。

第三章 证券投资基金的运行

对证券投资基金基本运作的了解是进行基金投资的基础。我们将在本章介绍有关证券投资基金的各个参与当事人，证券投资基金从发起、设立到交易运作的全过程，使读者对基金业的运作有一个明晰的了解。

第一节 证券投资基金的参与主体

在证券投资基金的运行过程中，主要有四个方面的参与主体：基金发起人、基金份额持有人、基金管理人和基金托管人。本节关于参与主体的论述以开放式基金为主，以《证券投资基金管理暂行办法》、《证券投资基金法》和《开放式证券投资基金试点办法》为依据。

一、基金发起人

基金的发起人在基金设立中所扮演的角色类似于股份公司设立时的发起人，但是由于基金的特殊性，各国的法律对基金发起人的要求比对普通的股份公司发起人的要求更加严格。我们下面主要介绍我国基金法规对基金发起人的资格和责任的规定。

1. 基金发起人的资格

按照我国的《证券投资基金管理暂行办法》，基金发起人应当符合以下条件：

（1）为按照国家有关规定设立的证券公司、信托投资公司和基金管理公司。

（2）基金发起人的实收资本不少于3亿元，作为主要发起人的，应当有3年以上从事证券投资经验、连续盈利记录，基金管理公司除外。

（3）基金发起人应当有健全的组织机构和管理制度，财务状况良好，经营行为规范。在《开放式证券投资基金试点办法》中又补充规定“开放式基金由基金管理人设立”，因此，现阶段开放式基金的发起人也就是后面的基金管理人。

2. 基金发起人在基金设立过程中的作用

基金发起人在基金的设立过程中，主要负责向主管机关申请批准基金的设立。在基金设立获得批准后，负责基金的募集工作，使基金能够成功地募集设立，投入投资运作。

基金发起人在向中国证监会提出批准设立基金的申请时，应当向中国证监会提交必备的文件，这些文件除包括以上所说的发起协议、基金契约、托管协议、招募说明书外，还包括申请书、基金的募集方案、律师出具的法律意见书和发起人近3年的财务报表。同时，基金的发起人在所发起设立的基金中认购份额所占的比例和在基金存续期间持有的基金单位所占的比例都应当符合中国证监会的规定。

在基金的设立获得批准后，基金发起人应当负责基金的发行和募集工作。按照管理办法的规定，发起人应在基金募集前3天在中国证监会指定的报刊上公开基金的募集说明书，然后按照证监会批准的募集方案发售基金单位。如果基金的募集达不到法定的要求时，基金的发行失败，基金发起人应当负责将已募集的资金和按照银行活期存款利率计算的利息在30天之内退还给基金认购人，同时基金发起人还应负担所有的发行费用。

二、基金份额持有人

基金份额持有人是购买基金份额的投资者，是投资基金的所有者，也是基金投资的受益者或风险的承担者。依据《证券投资基金法》，基金份额持有人现有以下权利：

（1）分享基金财产收益；

（2）参与分配清算后的剩余基金财产；

（3）依法转让或者申请赎回其持有的基金份额；

（4）按照规定要求召开基金份额持有人大会；

（5）对基金份额持有人大会审议事项行使表决权；

（6）查阅或者复制公开披露的基金信息资料；

（7）对基金管理人、基金托管人、基金份额发售机构损害其合法权益的行为依法提起诉讼；

（8）基金合同约定的其他权利。

基金份额持有人相当于股份公司的股东，基金份额持有人通过基金份额持有人大会行使其权利。基金份额持有人大会由基金管理人召集；基金管理人未按规定召集或者不能召集时，由基金托管人召集。代表基金份额10%以上的基金份额持有人就同一事项要求召开基金份额持有人大会，而基金管理人、基金托管人都不召集的，代表基金份额10%以上的基金份额持有人有权自行召集，并报国务院证券监督管理机构备案。下列事项应当通过召开基金份额持有人大会审议决定：

（1）提前终止基金合同；

（2）基金扩募或者延长基金合同期限；

(3) 转换基金运作方式；

(4) 提高基金管理人、基金托管人的报酬标准；

(5) 更换基金管理人、基金托管人；

(6) 基金合同约定的其他事项。

基金持有人在享有权利的同时，也应履行下列义务：

(1) 遵守基金契约；

(2) 交纳基金认购款项及规定的费用；

(3) 承担基金亏损或者终止的有限责任；

(4) 不从事任何有损基金及其他基金持有人利益的活动。

三、基金管理人

基金管理人是利用自身的专业投资管理技能，在遵守法规和基金契约的条件下，运用基金资产进行投资，使基金资产获得增值的机构。在我国，基金管理人由依法设立的基金管理公司担任。

基金投资者能否取得较好的回报，完全取决于基金管理人的投资运作。基金管理人作为委托人，在符合法规和基金契约的条件下投资相对自由。所以，为了保护基金投资者的利益，世界各国家和地区对基金管理人的资格都有严格的规定，基金管理人资格的取得必须经监管部门的批准。在美国，基金管理公司必须经 SEC 核准。而在日本，从事基金管理业务必须取得大藏省的许可证。根据我国《证券投资基金法》的规定，在我国设立基金管理公司，应当具备下列条件，并经国务院证券监督管理机构批准：

(1) 有符合本法和《中华人民共和国公司法》规定的章程；

(2) 注册资本不低于1亿元人民币，且必须为实缴货币资本；

(3) 主要股东具有从事证券经营、证券投资咨询、信托资产管理或者其他金融资产管理的较好的经营业绩和良好的社会信誉，最近3年没有违法记录，注册资本不低于3亿元人民币；

(4) 取得基金从业资格的人员达到法定人数；

(5) 有符合要求的营业场所、安全防范设施和与基金管理业务有关的其他设施；

(6) 有完善的内部稽核监控制度和风险控制制度；

(7) 法律、行政法规规定的和经国务院批准的国务院证券监督管理机构规定的其他条件。

基金管理公司依法设立后，在基金的运行过程中主要履行以下职责：

(1) 依法募集基金，办理或者委托经国务院证券监督管理机构认定的其他机构代为办理基金份额的发售、申购、赎回和登记事宜；

（2）办理基金备案手续；

（3）对所管理的不同基金财产分别管理、分别记账，进行证券投资；

（4）按照基金合同的约定确定基金收益分配方案，及时向基金份额持有人分配收益；

（5）进行基金会计核算并编制基金财务会计报告；

（6）编制中期和年度基金报告；

（7）计算并公告基金资产净值，确定基金份额申购、赎回价格；

（8）办理与基金财产管理业务活动有关的信息披露事项；

（9）召集基金份额持有人大会；

（10）保存基金财产管理业务活动的记录、账册、报表和其他相关资料；

（11）以基金管理人名义，代表基金份额持有人利益行使诉讼权利或者实施其他法律行为；

（12）国务院证券监督管理机构规定的其他职责。

此外，为了规范基金管理人的行为，防止基金管理人利益输送、关联交易以及其他侵犯持有人合法权益行为的发生，《证券投资基金法》规定基金管理人不得有下列行为：

（1）将其固有财产或者他人财产混同于基金财产从事证券投资；

（2）不公平地对待其管理的不同基金财产；

（3）利用基金财产为基金份额持有人以外的第三人牟取利益；

（4）向基金份额持有人违规承诺收益或者承担损失；

（5）依照法律、行政法规有关规定，由国务院证券监督管理机构规定禁止的其他行为。

四、基金托管人

1. 基金托管人的基本情况

为了保证基金资产的安全，防止基金资产被挪用或从事与基金契约不符的投资活动，基金应按照资产管理和保管分开的原则进行运作，并由专门的基金托管人保管基金资产。这样就产生了基金托管业务和基金托管人。

基金主要投资于证券市场，为保证基金资产的独立性和安全性，基金托管人应为基金开设独立的银行存款账户，并负责账户的管理。基金银行账户款项收付及资金划拨等也由基金托管人负责。基金投资于证券后，有关证券交易的资金清算由基金托管人负责。

从某种程度上来说，基金托管人和基金管理人是一种既相互合作，又相互制衡、相互监督的关系。一般来说，基金托管人主要有以下职责：

（1）安全保管基金财产；

（2）按照规定开设基金财产的资金账户和证券账户；

（3）对所托管的不同基金财产分别设置账户，确保基金财产的完整与独立；

（4）保存基金托管业务活动的记录、账册、报表和其他相关资料；

（5）按照基金合同的约定，根据基金管理人的投资指令，及时办理清算、交割事宜；

（6）办理与基金托管业务活动有关的信息披露事项；

（7）对基金财务会计报告、中期和年度基金报告出具意见；

（8）复核、审查基金管理人计算的基金资产净值和基金份额申购、赎回价格；

（9）按照规定召集基金份额持有人大会；

（10）按照规定监督基金管理人的投资运作；

（11）国务院证券监督管理机构规定的其他职责。

为了明确各自的职责，保证基金资产的安全，基金管理人和基金托管人应根据《证券投资基金管理暂行办法》及其实施准则、基金契约等有关规定，签订基金托管协议，就基金资产的保管、基金的管理和运作以及相互监督等事宜作出具体规定。

在实际运作中，双方应诚实、勤勉、尽责，严格遵守基金托管协议的有关条款规定。

由于基金托管人在基金运作中扮演着非常重要的角色，在国外，对基金托管人的任职资格都有严格的规定，一般都要求由商业银行或信托投资公司等金融机构担任，并有严格的审批程序。

在美国，根据《1940年投资顾问法》，基金的托管人必须是符合以下条件的商业银行或信托公司：

（1）在任何时候股东权益不得少于50万美元；

（2）至少每年公布一次财务报表；

（3）经联邦或州监管部门的特许并受到监管当局的检查。

在我国，根据《证券投资基金管理暂行办法》的规定，基金托管人必须经中国证监会和中国人民银行审查批准，并具备下列条件：①净资产和资本充足率符合有关规定；②设有专门的基金托管部门；③取得基金从业资格的专职人员达到法定人数；④有安全保管基金财产的条件；⑤有安全高效的清算、交割系统；⑥有符合要求的营业场所、安全防范设施和与基金托管业务有关的其他设施；⑦有完善的内部稽核监控制度和风险控制制度。

一般地，托管业务的技术要求高，一是技术投入大，包括硬软件系统，这是一个以技术服务型为主的业务，因为基金净值每天对公众公布，绝对不允许出错；二是基金创新多，托管业务人才素质与知识要求高。目前，我国共有12家商业银行具有托管人资格，除了工、农、中、建四大商业银行外，还有招商、华夏等中小银行。基金托管人为基金提供托管服务而向基金或基金公司收取一定的费用作为收入。托管费通常按照基金资产净值的一定比例提取，逐日计算累积，定期支付给托管人。基金在运作过程中如要更换基金托管人，新任基金托管人应经中国证监会和中国人民银行审查批准。基金托管人职责终止的，应当妥善保管基金财产和基金托管业务资料，及时办理基金财产和基金托管业务的移交手续，新基金托管人或者临时基金托管人应当及时接收。

2. 基金托管人的具体职责

基金托管人和基金管理人正式签订基金托管协议之后，基金托管人才能够开始履行作为托管人的职责。其主要职责如下：

（1）基金托管人对基金管理人的业务监督与核查

①监督内容。

基金托管人应对基金的投资对象、基金资产的投资组合比例、基金财产的核算、基金资产净值的计算、基金管理人报酬的计提和支付、基金费用的支付、基金申购资金的到账和赎回资金的划付、基金收益分配、基金的融资等行为的合法性、合规性进行监督和核查。

②监督标准。

第一，基金管理人的投资运作行为是否符合《证券投资基金法》及其配套法规、基金合同、本托管协议及其他有关法律法规的相关规定。

第二，基金投资范围和投资组合比例等内容是否符合《证券投资基金法》及其配套法规、基金合同、本托管协议及其他有关法律法规的相关规定。

③监督程序。

基金托管人发现基金管理人的投资运作或基金投资范围、投资组合比例等内容违反《证券投资基金法》、《证券投资基金运作管理办法》、《证券投资基金信息披露管理办法》、《证券投资基金销售管理办法》、《货币市场基金管理暂行规定》、《关于货币市场基金投资等相关问题的通知》、《货币市场基金信息披露特别规定》、基金合同、本托管协议及其他有关法律法规的规定，应当及时以书面形式通知基金管理人限期纠正。基金管理人收到通知后应及时核对、确认并以书面形式向基金托管人发出回函。在限期内，基金托管人有权随时对通知事项进行复查，督促基金管理人改正，并予协助配合。基金管理人对基金托管人通知的违规事项未能在限期内纠正的，基金托管人应报告中国证监会。基金托管人发现基金管理人有重大违规行为，应立即报告中国证监会，同时通知基金管理人限期纠正。

(2) 对证券投资基金财产的保管

①基金财产保管的原则。

第一，基金财产应独立于基金管理人、基金托管人的固有财产。

第二，基金托管人应安全保管基金财产。未经基金管理人的正当指令，不得自行运用、处分、分配基金的任何财产。

第三，基金托管人按照规定开设基金财产的资金账户和证券账户。

第四，基金托管人对所托管的不同基金财产分别设置账户，与其他业务和其他基金的托管业务实行严格的分账管理，确保基金财产的完整与独立。

②募集资金的验证。

募集期内销售机构按销售与服务代理协议的约定，将认购资金划入基金管理人在具有托管资格的商业银行开设的基金认购专户。该账户由基金管理人开立并管理。基金募集期满，募集的基金份额总额、基金募集金额、基金份额持有人人数符合《证券投资基金法》、《证券投资基金运作管理办法》等有关规定后，由基金管理人聘请具有从事证券业务资格的会计师事务所进行验资，出具验资报告，出具的验资报告应由参加验资的2名以上（含2名）中国注册会计师签字确认。验资完成，基金管理人应将募集的属于本基金财产的全部资金划入基金托管人为基金开立的基金托管专户中，基金托管人在收到资金当日出具确认文件。若基金募集期限届满，未能达到基金合同生效的条件，由基金管理人按规定办理退款事宜。

③专用账户的开设和管理。

基金托管人以基金托管人的名义在其营业机构开设基金托管专户，保管基金的银行存款。该基金托管专户是指基金托管人在集中托管模式下，代表所托管的基金与中国证券登记结算有限责任公司进行一级结算的专用账户。该账户的开设和管理由基金托管人承担。基金的一切货币收支活动，均需通过基金托管人的基金托管专户进行。

基金托管人以基金托管人和基金联名的方式在中国证券登记结算有限公司上海分公司/深圳分公司开设证券账户。

基金托管人以基金托管人的名义在中国证券登记结算有限责任公司上海分公司/深圳分公司开立基金证券交易资金账户，用于证券清算。此外，基金托管人还负责开立债券托管账户等。每个账户的使用原则均是专账专用。

(3) 基金资产净值计算和会计复核

基金资产净值是指基金资产总值减去负债后的价值。基金份额净值是指计算日基金资产净值除以该计算日基金总份额后的数值。基金管理人应每工作日对基金资产估值。估值原则应符合基金合同、《证券投资基金会计核算办法》

及其他法律法规的规定。用于基金信息披露的基金资产净值和基金份额净值由基金管理人负责计算，基金托管人复核。基金管理人应于每个工作日交易结束后计算当日的基金份额净值并以加密传真方式发送给基金托管人。基金托管人对净值计算结果复核后签名、盖章并以加密传真方式传送给基金管理人，由基金管理人对基金净值予以公布。

基金财务报表由基金管理人按规定独立编制。基金托管人在收到基金管理人编制的基金财务报表后，进行独立的复核。核对不符时，应及时通知基金管理人共同查出原因，进行调整，直至双方数据完全一致。核对无误后，在核对过的基金财务报表上加盖基金托管人和基金管理人公章，各留存一份。

此外，基金托管人在基金的交易清算和交收及基金费用和收益分配的复核上都起着重要的核对和监督作用。

第二节　证券投资基金的发行

证券投资基金的发行是证券投资的起点，基金成功的发起、设立和募集为以后基金的运作打下坚实的基础。鉴于我国目前已经停止封闭式基金的发行，本节我们仅以开放式基金为例，对证券投资基金的发行加以介绍。

一、两种管理模式的选择

证券投资基金的设立是基金运作的第一步。世界上各个国家和地区对基金的发起设立都有一定的资格要求和限制，只有符合一定资格条件的人才能作为发起人，向监管当局申请发起设立基金。

不同的国家对发起证券投资基金所施行的管理模式也不一样，如在美国、英国，由于基金发展历史较长、法规完善、行业自律组织比较发达，采用的基本是注册制。注册制是指基金的发起人只需向证券监督管理机构报送法律法规规定的有关材料，进行登记注册，即可发起设立证券投资基金。但在我国等一些基金业刚刚发展起来的国家，对证券投资基金的发起申请实行的基本是审批制。所谓审批制是指证券监管当局按照有关法律法规的规定，对证券投资基金的发起设立所提供的材料在内容的真实性、完整性和准确性方面作实质性审查，又对程序和形式的合法性进行审查，并决定是否设立该基金的制度。从注册制和审批制的比较看，注册制程序简单，在效率上高于审批制。但在法律法规不健全、市场化程度不高的情况下，审批制更有利于控制市场风险，促进证券投资基金业规范健康发展。

二、开放式基金发起设立过程

《开放式证券投资基金试点办法》明确规定开放式基金由基金管理人设

立，并由中国证监会审查批准。

申请设立开放式基金除了需满足《证券投资基金法》第十三条的规定外，还应当具备下列条件：

（1）有明确、合法、合理的投资方向；

（2）有明确的基金组织形式和运作方式；

（3）基金托管人、基金管理人近1年内无重大违法、违规行为。

从这里的规定可以看出，申请设立开放式基金除了满足硬件条件外，基金品种的设计、资产配置方向成为一个重要的因素。在基金品种基本确定后，基金发起人要向证监会提供如下的文件：申请报告；基金合同草案；基金托管协议草案；招募说明书草案；基金管理人和基金托管人的资格证明文件；经会计师事务所审计的基金管理人和基金托管人最近3年或者成立以来的财务会计报告；律师事务所出具的法律意见书；国务院证券监督管理机构规定提交的其他文件。证券投资基金发起人在将上述文件提交证监会后，监管机构会在收到申请之日起6个月内作出核准或不予核准的决定。

三、开放式基金的募集和认购

证券投资基金的设立在获得主管部门批准后，便进入募集发行阶段，即向特定投资者或社会公众宣传介绍基金的情况，通过基金承销机构或基金自身向投资者销售受益凭证或基金公司股份，募集资金。只有在募集资金达到法规对投资基金的要求后，募集的资金才能用来进行投资，基金进入投资运作阶段。

1. 国外基金募集的形式

基金的发行和股票的发行一样，有着多种形式。按照发行的对象不同可以分为私募发行和公募发行。

私募发行是指面向少数特定的投资者发行基金的方式，发行的对象一般是大的金融机构和个人。由于发行的对象特定，发行的费用较低，节省时间，同时各国对私募发行的监管较为宽松，不必公布招募说明书。在美国，为了保护普通投资者的利益，要求对冲基金这类投资风险较高的基金，只能采取私募的发行方式。

公募发行又叫公开发行，指向广大的社会公众发行基金，合法的社会投资者都可以认购基金单位。由于面向广大投资者，各国对公募发行的监管比较严格，要求发起人在募集基金时，必须公开招募说明书，对基金的基本情况、基金管理人、基金托管人、基金的投资目标和政策、基金的费用和收益分配、基金持有人的权利等作出真实的陈述，供投资者进行投资决策时使用。

按照基金发行销售的渠道，基金的发行可分为自办发行和承销两种方式。自办发行即基金公司通过自己的销售渠道直接向投资者发售基金单位，采用这种方式的费用较低。承销即通过中介机构向投资者发售基金单位，它又可分为代销和包销。在代销方式下，中介机构尽最大的努力去销售基金，如果基金单位未能全部发售，中介机构也不承担任何责任；而在包销的方式下，发行人和中介机构签订合同，由中介承销机构买入全部基金单位，然后承销机构再向投资者销售，如果未能将基金单位全部销售出去，则余下的基金单位由承销商自己持有。在采取承销方式时，发行人都必须向承销机构支付一定的承销费用，但在代销的方式下，由于承销机构的风险较低，所以承销费用也较低。在承销的方式下，可以由多个承销机构组成承销团，共同负责基金的销售。

2. 我国证券投资基金的募集

（1）募集需要公布的相关文件

基金管理人应当在基金份额发售 3 日前公布招募说明书、基金合同、基金份额发售公告、托管协议等相关文件，保证投资者的知情权。

在基金管理人所公布的文件中，最重要的是基金招募说明书。基金招募说明书是连接基金管理人和投资者的桥梁。招募说明书有两个基本的作用：一是推销基金证券的有力工具；二是保护投资者利益的主要依据。投资者只有通过阅读招募说明书才能对基金的投资策略、分红政策、管理人能力等有一个基本的了解，从而作出是否购买基金的决定。按照《证券投资基金法》第三十八条规定，基金招募说明书应当包括以下内容：

①基金募集申请的核准文件名称和核准日期；

②基金管理人、基金托管人的基本情况；

③基金合同和基金托管协议的内容摘要；

④基金份额的发售日期、价格、费用和期限；

⑤基金份额的发售方式、发售机构及登记机构名称；

⑥出具法律意见书的律师事务所和审计基金财产的会计师事务所的名称和住所；

⑦基金管理人、基金托管人报酬及其他有关费用的提取、支付方式与比例；

⑧风险警示内容；

⑨国务院证券监督管理机构规定的其他内容。

（2）募集期限

开放式证券投资基金有发行期限的限制，在限定期限内不能达到成立基金的最低规模要求的，则该基金募集失败，基金发起人应当承担发行费用并退回投资者的认购资金和相应的利息。依据《开放式证券投资基金试点办法》第九条规定，“开放式基金的设立募集期限不得超过 3 个月”。设立募集期限自招募说明书公告之日起计算。符合下列条件的，开放式基金方可成立：

①设立募集期限内，净销售额超过2亿元；

②在设立募集期限内，最低认购户数达到100人。

在实际的实务操作当中，基金发起人一般把最低认购户数限定为200人。《证券投资基金法》同时还规定，基金管理人应当自募集期限届满之日起10日内聘请法定验资机构验资，自收到验资报告之日起10日内，向国务院证券监督管理机构提交验资报告，办理基金备案手续，并予以公告。

（3）募集期内基金份额的认购

募集期内投资者的认购主要参照基金管理人发布的基金份额发售公告来进行。目前我国开放式基金的销售方式既包括直销也包括代销。直销主要是通过基金公司自身的直销中心来进行，也可以在基金管理公司的网站上直接认购。而代销机构包括各个商业银行和证券公司在各地的大量营业网点和营业部，因此投资者可以很方便地购买到开放式基金。投资者欲购买某基金，需开立中国证券登记结算有限公司开放式基金账户并在销售网点开立交易账户。

投资者在募集期内进行认购时一般需要支付一定的认购费用，按照支付认购费用的时间不同可分为前端费用和后端费用。选择在认购时交纳的称为前端认购费用，选择在赎回时交纳的称为后端认购费用。认购费用是按照一定的认购费率来支付的。前端认购费率按金额分类，后端认购费率按时间分类。认购时一般采用金额认购、全额预缴的原则，投资者在1天之内如果有多笔认购，适用费率按单笔分别计算。表3—1、表3—2是“新世纪优选分红混合型证券投资基金”的前端及后端认购费率表。

表3—1 **前端认购费率表**

认购金额（记为M）	认购费率（%）
M<100万元	1
100≤M<200万元	0.8
200≤M<500万元	0.5
M≥500万元	每笔1 000元

表3—2 **后端认购费率表**

持有期（记为T）	认购费率（%）
T≤1年	1.2
1年<T≤3年	0.8
3年<T≤5年	0.4
T>5年	0

认购份额的计算公式：

如果投资者选择交纳前端认购费，则认购份额的计算方法如下：

前端认购费用 = 认购金额 × 前端认购费率（或固定金额）

净认购金额 = 认购金额 - 前端认购费用

$$认购份额 = \frac{净认购金额 + 认购资金利息}{基金份额面值}$$

如果投资者选择交纳后端认购费，则认购份额的计算方法如下：

$$认购份额 = \frac{认购金额 + 认购资金利息}{基金份额面值}$$

基金份额面值为1.00元。基金份额份数按四舍五入保留小数点后两位，小数点后两位以后的部分舍去，由此产生的误差计入基金财产。

[例1] 某投资者投资5 000元认购某基金，假定其认购资金的利息为3元，如果选择交纳前端认购费用，认购费率为1%，则其可得到的基金份额计算如下：

认购费用 = 5 000 × 1% = 50（元）

认购份额 = [（5 000 + 3） - 50] ÷ 1.00 = 4 953（份）

即投资者投资5 000元认购该基金，可得到4 953份基金份额。

如果选择交纳后端认购费用，则其可得到的基金份额计算如下：

认购份额 =（5 000 + 3）÷ 1.00 = 5 003（份）

即投资者投资5 000元认购该基金，可得到5 003份基金份额。

目前大多数基金仍采用前端收费模式。一般来说，后端收费模式降低了投资者的投资成本，简化了投资手续，鼓励投资者长期持有，便于基金的运作。前端收费和后端收费从根本上说是和基金公司的营销结合在一起的，究竟采取哪种模式取决于当时的市场环境。目前我国股票型基金的认购费率在1%左右，债券型基金的认购费率在1%以下，而货币市场基金一般不收取认购费用。

第三节　证券投资基金的交易

一、封闭式基金的交易

封闭式基金的基金份额，经基金管理人申请，中国证监会核准，可以在证券交易所上市交易。基金份额上市交易应符合下列条件：

（1）基金的募集符合《证券投资基金法》的规定；

（2）基金合同期限为5年以上；

（3）基金募集金额不低于2亿元人民币；

（4）基金份额持有人不少于 1 000 人；

（5）基金份额上市交易规则规定的其他条件。

基金份额上市交易后，有下列情形之一的，由证券交易所终止其上市交易，并报国务院证券监督管理机构备案：

（1）不再具备《证券投资基金法》第四十八条规定的上市交易条件；

（2）基金合同期限届满；

（3）基金份额持有人大会决定提前终止上市交易；

（4）基金合同约定的或者基金份额上市交易规则规定的终止上市交易的其他情形。

投资者买卖基金时要开立基金账户，持有沪深股票账户也可以进行封闭式基金的买卖。封闭式基金的买卖同其他股票的买卖所遵守的规定基本一致，投资者只需像买卖股票一样来买卖封闭式基金就可以了。稍有不同的是封闭式基金的报价单位为 0.001 元。同时封闭式基金的交易成本较低，并且不收取印花税。封闭式基金的交易价格除受到基金净值的影响外，还受到市场供求关系和市场环境的影响。

二、开放式基金的申购和赎回

1. 申购和赎回的基本情况

开放式基金在募集发行结束后，投资者申请购买基金份额的行为称为申购。基金持有人要求卖出基金单位，收回现金的行为称为赎回。申购和认购没有本质上的区别，只不过购买基金份额的时间不同：认购是在募集期内，而申购是在开放式基金宣告成立后。开放式基金合同生效后，基金会有一个短暂的封闭期。一般是在基金合同生效起不超过 30 个工作日的时间起开始办理申购。自基金合同生效日起不超过 3 个月的时间起开始办理赎回。在确定申购开始时间与赎回开始时间后，由基金管理人最迟于开放日 2～3 个工作日前在至少一种中国证监会指定的信息披露媒体公告。封闭期结束后即进入正常的连续申购和赎回。目前投资者可办理申购、赎回等业务的开放日为上海证券交易所、深圳证券交易所的交易日，具体业务办理时间以销售机构公布的时间为准。在基金开放日，投资者提出的有效申购、赎回申请时间在上海证券交易所与深圳证券交易所当日收市时间（目前为下午 3：00）之前。

根据投资者进行申购和赎回的场所不同，可分为场内方式和场外方式两种。采用场外方式时，投资者可以通过基金管理人的直销网点、代销机构的代销网点等办理申购和赎回。采用场内方式时，投资者可以通过具有开放式基金代销资格的交易所会员单位的场内开放式基金销售系统办理基金单位的申购和赎回。

2. 基金申购和赎回的原则

(1)“未知价”原则，即基金的申购、赎回价格以受理申请当日收市后计算的基金份额净值为基准进行计算。

(2) 基金采用金额申购和份额赎回的方式，即申购以金额申请，赎回以份额申请。

(3) 基金份额持有人在赎回基金份额时，基金管理人按先进先出的原则，即对该基金份额持有人在该销售机构托管的基金份额进行处理，申购确认日期在先的基金份额先赎回，申购确认日期在后的基金份额后赎回，以确定所适用的赎回费率。

(4) 当日的申购与赎回申请可以在基金管理人规定的时间以前撤销，在当日的交易时间结束后不得撤销。

3. 申购与赎回的程序

(1) 申购与赎回申请的提出

基金投资者须按销售机构规定的手续，在开放日的业务办理时间提出申购或赎回的申请。

投资者申购基金时，须按销售机构规定的方式全额交付申购款项。

投资者提交赎回申请时，其在销售机构（网点）必须有足够的基金份额余额。

(2) 申购与赎回申请的确认

对投资者在T日规定时间内被受理的申请，正常情况下，基金注册登记人在T+1日内为投资者对该交易的有效性进行确认，投资者可在T+2日到销售网点或以销售机构规定的其他方式查询申购、赎回的确认情况。

(3) 申购与赎回申请的款项支付

申购采用全额交款方式，若资金在规定时间内未全额到账则申购不成功，申购不成功或无效，申购款项将退回投资者账户。

投资者T日赎回申请成功后，基金管理人应通过注册登记机构按规定向投资者支付赎回款项，赎回款项T+7日内划往投资者银行账户。在发生巨额赎回时，赎回款项的支付办法按基金合同有关规定处理。

4. 申购与赎回费用

投资者办理申购和赎回时需要缴纳一定的费用，就是申购和赎回费。申购费不列入基金资产，用于基金的市场推广、销售、注册登记等各项费用。赎回费按一定比例列入基金资产，其余用于支付注册登记费和其他必要的手续费。

申购费用通过申购费率来确定。申购费用也有前端收费和后端收费之分。同认购费率一样，随申购金额的增加申购费率逐渐降低。目前申购费率一般不超过1.5%，而货币市场基金申购和赎回费用很少或没有。

基金的申购份额由申购金额扣除申购费用后除以申请当日基金份额净值确定，计算公式如下：

申购费用 = 申购金额 × 申购费率

净申购金额 = 申购金额 - 申购费用

$$申购份额 = \frac{净申购金额}{T日基金份额净值}$$

申购的有效份额计算保留到小数点后两位，剩余部分舍去，舍去部分所代表的资产归基金所有。

基金的赎回金额由赎回总额扣除赎回费用后确定，计算公式如下：

赎回总额 = 赎回份额 × T日基金份额净值

赎回费用 = 赎回总额 × 赎回费率

赎回金额 = 赎回总额 - 赎回费用

赎回金额的计算保留到小数点后两位，剩余部分舍去，舍去部分所代表的资产归基金所有。

T日的基金份额净值在当天收市后计算，并在T+1日公告。遇特殊情况，可以适当延迟计算或公告并报中国证监会备案。

[例2] 某投资者以1万元申购某基金，申购费率为1%。假设申购当日基金单位资产净值为1.1元，则其得到的申购份额为：

申购费用 = 10 000 × 1% = 100（元）

净申购金额 = 10 000 - 100 = 9 900（元）

申购份额 = 9 900 ÷ 1.1 = 9 000（份）

[例3] 某投资者在基金期满前赎回10万份基金单位，赎回费率为2%，假设赎回当日基金单位资产净值是1.1680元，则其可得到的赎回金额为：

赎回费用 = 1.1680 × 100 000 × 2% = 2 336（元）

赎回金额 = 1.1680 × 100 000 - 2 336 = 114 464（元）

5. 基金单位资产净值的估值

基金资产的估值是指根据相关规定对基金金融资产和基金金融负债按一定的价格进行评估与计算，进而确定基金资产净值与基金份额净值的过程。基金资产估值的目的是为了尽可能真实地反映基金相关金融资产和金融负债的公允价值。基金估值后确定的基金份额净值，是开放式基金申购与赎回价格的基础。

开放式基金的申购和赎回价格主要就是由其资产净值决定的，因此基金的合理估值会对开放式基金的运作产生根本的影响。基金资产的估值目的是客观、准确地反映基金资产的价值，并为基金份额的申购与赎回提供计价依据。

基金的资产总值是基金所持有的各类有价证券、银行存款本息、基金的应收款项和其他投资所形成的价值总和。基金资产净值是指基金资产总值减去负债后的价值。基金单位净值的计算公式如下：

$$基金单位净值=\frac{基金资产净值}{基金单位总数}$$

目前我国的投资基金基本采用如下的一些估值方法：

（1）股票的估值方法

①上市流通股票按估值日其所在证券交易所的收盘价估值；估值日无交易的，以最近交易日的收盘价估值。

②未上市股票的估值。

送股、转增股、配股和增发等方式发行的股票，按估值日在交易所挂牌的同一股票的收盘价估值；估值日无交易的，以最近交易日的收盘价估值。

首次发行的股票，按成本价估值。

③配股权证，从配股除权日起到配股确认日止，若收盘价高于配股价，则按收盘价和配股价的差额进行估值；若收盘价等于或低于配股价，则估值为零。

④认购/认股权证的估值。

上市交易权证按估值日其所在证券交易所的收盘价估值；估值日无交易或无市价的，按照证券交易所相关规定和计算方法估值，并与基金托管人商定后确定。

（2）对债券的估值

①证券交易所市场实行净价交易的债券按估值日收盘价估值；估值日没有交易的，按最近交易日的收盘价估值。

②证券交易所市场未实行净价交易的债券按估值日收盘价减去债券收盘价中所含的债券应收利息得到的净价进行估值；估值日没有交易的，按最近交易日债券收盘价计算得到的净价估值。

③未上市债券按其成本价估值。

④在银行间债券市场交易的债券按其成本价估值。

为进一步规范投资基金估值业务，根据市场的变化情况和基金管理公司执行新会计准则中存在的有关公允价值认定和计量方面的问题，证监会对基金估值业务，特别是长期停牌股票等没有市价的投资品种的估值等问题制定了新的指导意见，并于2008年9月颁布施行。新的指导意见规定，基金管理公司应保证基金估值的公平、合理，特别是应当保证估值未被歪曲，以免对基金份额持有人产生不利影响。

对存在活跃市场的投资品种，如估值日有市价的，应采用市价确定公允价值；估值日无市价，但最近交易日后经济环境未发生重大变化，且证券发行机构未发生影响证券价格的重大事件的，应采用最近交易市价确定公允价值。

对存在活跃市场的投资品种，如估值日无市价，且最近交易日后经济环境发生了重大变化或证券发行机构发生了影响证券价格的重大事件，使潜在估值调整对前一估值日的基金资产净值的影响在0.25%以上的，应参考类似投资品种的现行市价及重大变化等因素，调整最近交易市价，确定公允价值。

当投资品种不再存在活跃市场，且其潜在估值调整对前一估值日的基金资产净值的影响在0.25%以上的，应采用市场参与者普遍认同，且被以往市场实际交易价格验证具有可靠性的估值技术，确定投资品种的公允价值。为指导基金估值更趋公平、合理，中国证券业协会基金估值工作小组发布了《关于停牌股票估值的参考方法》，介绍了四种停牌股票估值的常用方法，即指数收益法、可比公司法、市场价格模型法、估值模型法等。

6. 巨额赎回

(1) 巨额赎回的认定

单个开放日基金净赎回申请超过上一日基金总份额的10%时，为巨额赎回。所谓净赎回申请，是指赎回申请份额总数加上基金转换中转出申请份额总数后扣除申购申请份额总数及基金转换中转入申请份额总数后的余额。

(2) 巨额赎回的处理方式

出现巨额赎回时，基金管理人可以根据该基金当时的资产组合状况决定接受全额赎回或部分延期赎回。

①接受全额赎回：当基金管理人认为有能力兑付投资者的全部赎回申请时，按正常赎回程序执行。

②部分延期赎回：当基金管理人认为兑付投资者的赎回申请有困难，或认为兑付投资者的赎回申请进行的资产变现可能使基金资产净值发生较大波动时，基金管理人在当日接受赎回比例不低于上一日基金总份额10%的前提下，对其余赎回申请延期办理。对于当日的赎回申请，应当按单个基金份额持有人申请赎回份额占当日申请赎回总份额的比例，确定该单个基金份额持有人当日办理的赎回份额；未受理部分除投资者在提交赎回申请时选择将当日未获受理部分予以撤销者外，延迟至下一开放日办理，赎回价格为下一个开放日的价格。转入下一开放日的赎回申请不享有赎回优先权，以此类推，直到全部赎回为止。

③当发生巨额赎回并延期办理时，基金管理人应当通过邮寄、传真或招募说明书规定的其他方式，在3个交易日内通知基金份额持有人，说明有关处理

方法，同时在至少一种中国证监会指定媒体予以公告。

④暂停接受和延缓支付：基金连续2个开放日以上发生巨额赎回，如基金管理人认为有必要，可暂停接受赎回申请；已经接受的赎回申请可以延缓支付赎回款项，但不得超过正常支付时间20个工作日，并应当在至少一种中国证监会指定媒体予以公告。

（3）拒绝或暂停申购、暂停赎回的情形及处理

在如下情况下，基金管理人可以拒绝或暂停接受投资者的申购申请：

①因不可抗力导致基金管理人无法接受投资者的申购申请；

②证券交易场所交易时间临时停市，导致基金管理人无法计算当日基金资产净值；

③发生基金合同规定的暂停基金资产估值情况；

④基金财产规模过大，使基金管理人无法找到合适的投资品种，或其他可能对基金业绩产生负面影响，从而损害现有基金份额持有人的利益的情形；

⑤基金管理人认为会有损于现有基金份额持有人利益的某笔申购；

⑥法律法规规定或经中国证监会认定的其他情形。

基金管理人决定暂停接受申购申请时，应当在当日向中国证监会备案，并及时公告。

发生基金合同或招募说明书中未予载明的事项，但基金管理人有正当理由认为需要拒绝或暂停基金份额申购时，应在当日报中国证监会备案并在指定媒体上刊登公告。

基金管理人决定拒绝或暂停接受某些投资者的申购申请时，申购款项将退回投资者账户。在暂停申购的情形消除时，基金管理人应及时恢复申购业务的办理并予以公告。

在如下情况下，基金管理人可以暂停接受投资者的赎回申请：

①因不可抗力导致基金管理人无法支付赎回款项；

②证券交易场所交易时间临时停市，导致基金管理人无法计算当日基金资产净值；

③基金发生巨额赎回，根据基金合同规定，可以暂停接受赎回申请的情况；

④发生基金合同规定的暂停基金资产估值情况；

⑤法律法规规定或经中国证监会认定的其他情形。

发生上述情形之一的，基金管理人应当在当日向中国证监会备案，并及时公告。

发生基金合同或招募说明书中未予载明的事项，但基金管理人有正当理由

认为需要拒绝或暂停基金份额赎回时，应在当日报中国证监会备案并在指定媒体上刊登公告。

已接受的赎回申请，基金管理人应当足额支付；如暂时不能足额支付，应当按单个赎回申请人已被接受的赎回申请量占已接受的赎回申请总量的比例分配给赎回申请人，其余部分在后续开放日予以支付。

在暂停赎回的情况消除时，基金管理人应及时恢复赎回业务的办理并及时公告。

7. 基金的非交易过户、转托管、基金转换、冻结与解冻

（1）非交易过户

非交易过户是指由于继承、捐赠、司法强制执行等原因，基金登记注册人将某一基金账户的基金份额全部或部分直接划转至另一账户。

①继承是指基金持有人死亡，其持有的基金份额由其合法的继承人或受遗赠人继承。

②捐赠仅指基金持有人将其合法持有的基金份额捐赠给福利性质的基金会或其他具有社会公益性质的社会团体。

③司法强制执行是指司法机构依据生效的法律文书将基金持有人持有的基金份额强制执行划转给其他自然人、法人、社会团体或其他组织。

办理非交易过户时，必须按基金登记注册人的要求提供相关资料，到基金登记注册人的柜台办理。

投资者办理非交易过户应按基金登记注册人规定的标准缴纳过户费用。

（2）转托管

基金持有人可以以同一基金账户在多个销售机构申购（认购）基金份额，但必须在原申购（认购）的销售机构赎回该部分基金份额。

投资者申购（认购）基金份额后可以向原申购（认购）基金的销售机构发出转托管指令，缴纳转托管手续费，转托管完成后投资者才可以在转入的销售机构赎回其基金份额。

转托管在转出方进行申报，基金份额转托管经一次申报便可完成。投资者于T日转托管基金份额成功后，投资者可于T+2日起赎回该部分基金份额。

投资者在转出方办理转托管手续之前，应先到转入方办理基金账户注册确认手续。投资者办理转托管应按基金登记注册人和销售机构规定的标准缴纳转托管费用。

（3）基金转换

基金开放赎回后可以与管理人所管理的其他基金相互转换。基金转换的具体规定见相关业务公告。

（4）冻结与解冻

基金登记注册人只受理司法机构依法要求的基金份额的冻结与解冻。基金份额的冻结手续、冻结方式按照基金登记注册人的相关规定办理。

复习思考题

1. 什么是基金份额持有人和基金份额持有人大会？
2. 基金管理人和基金托管人的职责有哪些？
3. 封闭式基金和开放式基金的交易方式有何不同？
4. 什么是申购、认购和赎回？
5. 申购费用和赎回费用是如何计算的？
6. 什么是巨额赎回？
7. 证券投资基金是如何进行估值的？
8. 开放式基金的申购和赎回的原则是什么？

第四章　基金管理公司和证券投资基金市场营销

第一节　基金管理公司的基本情况

一、基金管理公司的设立和业务范围

1. 发起设立基金

发起设立基金是指基金管理公司为基金批准成立前所做的一切准备工作，包括基金品种的设计、签署基金成立的有关法律文件、提交申请设立基金的主要文件及申请的审核与批准。

（1）基金管理公司根据市场投资者群体不同的投资需求，结合本身管理基金的特长，有重点、有步骤、有选择地推出新的基金品种。

（2）当基金管理公司确定要发起设立的基金品种和发行的总体方案之后，就可以起草并与有关当事人共同签订基金设立的有关法律文件，如基金发起设立协议书、基金契约、基金托管协议书、基金承销或代销协议书等，完成申请前的准备工作。

（3）做好准备工作后，基金管理公司作为基金发起人就应向监管部门提出基金设立申请，监管部门根据国家的法律法规对基金设立申请进行审核，对符合基金设立要求的给予批准。

2. 基金管理业务

基金管理业务是指基金管理公司根据专业的投资知识与经验投资运作基金资产的行为，是基金管理公司最基本的一项业务。作为基金管理人，基金管理公司最主要的职责就是组织投资专业人士，按照基金契约或基金章程的规定制定基金资产投资组合策略，选择投资对象，决定投资时机、数量和价格，运用基金资产进行有价证券的投资，向基金投资者及时披露基金管理运作的有关信息和定期分配投资收益。

3. 受托资产管理业务

受托资产管理业务是指基金管理公司作为受托投资管理人根据有关法律法规和投资委托人的投资意愿，与委托人签订受托投资管理合同，把委托人委托的资产在证券市场上从事股票、债券等有价证券的组合投资，以实现委托资产收益最大化的行为。

随着机构投资者的不断增加，法律、监管的市场环境的逐渐完善，受托资

产管理业务将逐渐成为基金管理公司的核心业务之一。

4. 基金销售业务

基金销售业务是指基金管理公司通过自行设立的网点或电子交易网站把基金单位直接销售给基金投资人的行为。基金管理公司可以直接销售基金单位，也可以委托其他机构代理销售基金单位。从长远来看，基金管理公司应该选择直销与代销相结合的方式，建立自己的直接销售体系，设立销售分支机构，树立自己的品牌形象，与机构投资者建立良好的业务关系，逐步完善客户服务功能，努力扩大基金销售规模。

二、基金管理公司的内部结构

基金投资是基金管理公司的核心业务，公司基金投资部门负责基金的运作和管理，将公司发行基金单位所募集的资金通过组合投资的方式投资于有价证券，实现基金资产的保值增值。

1. 基金管理公司的投资决策机构

根据基金发展比较成熟国家的经验，基金管理公司要想实现基金运作的科学性和稳健性，就必须建立一个理性、有效的投资决策机构。这个决策机构被称为投资决策委员会，投资决策委员会是公司非常设机构，是公司最高投资决策机构。一般由公司总经理、主管投资的副总经理、投资总监、研究总监、交易总监等人员组成，总经理为投资决策委员会主任，督察员列席会议。

投资决策委员会的功能是为基金投资拟订投资原则、投资方向、投资策略以及投资组合的整体目标和计划。投资决策委员会的主要职责包括：①审批投资管理相关制度，包括投资管理、交易、研究、投资表、投资决策等方面的管理制度；②确定基金投资的原则、策略、选股原则等；③确定资金资产配置比例或比例范围，包括资产类别比例和行业或板块投资比例；④确定各基金经理可以自主决定投资的权限以及投资总监和投资决策委员会审批投资的权限；⑤根据权限，审批各基金经理提出的投资额超过自主投资额度的投资项目。

2. 制定投资决策

投资决策通常包括投资决策的依据、决策的方式和程序。投资决策委员会的权限和责任等内容在决策的制定过程中涉及公司研究发展部、投资决策委员会、基金投资部和风险控制委员会等部门，我国基金管理公司一般的决策程序如下：

（1）研究发展部通过自身的研究或外部研究机构的力量提供有关宏观经济分析、公司分析以及市场分析的各类研究报告，为基金的投资决策提供依据。

（2）投资决策委员会审议和决定基金的总体投资计划。投资决策委员会将认真分析研究发展部提供的研究分析报告及其投资建议，并根据现行法律法规和基金契约的有关规定，根据投资的期望回报率和风险性确定投资原则、投资目标、投资策略以及投资组合的总体目标和总体设计。另外，投资决策委员会还将根据风险控制委员会的建议和监督，适时调整投资组合，提高投资组合的抗风险能力。

(3) 基金投资部制订投资组合的具体方案。在投资决策委员会制订总体投资计划的基础上，投资部将参考研究发展部的研究分析报告，建立备选股票库，构建投资组合方案，对方案进行深入细致的风险/收益分析，并在投资执行过程中将有关投资实施情况和风险评估报告反馈给投资决策委员会。基金投资部在制订具体方案时要接受风险控制委员会的风险控制建议和监察稽核部门的监察、稽核。

(4) 风险控制委员会提出风险控制建议。证券市场由于受到政治因素、经济因素、投资心理及交易制度等各种因素的影响，导致基金投资面临较大的风险。为降低投资风险，风险控制委员会通过监控投资决策、实施和执行的整个过程，并根据市场价格水平制定公司的风险控制政策，提出风险控制建议。

三、投资决策的实施和风险控制

1. 投资决策的实施

基金管理公司在确定了投资决策后，就要进入决策的实施阶段。具体来讲，就是由基金经理根据投资决策中规定的投资对象、投资结构和持仓比例等，在市场上选择合适的股票、债券和其他有价证券来构建投资组合。在具体的基金投资运作中，通常是由基金投资部门的基金经理向中央交易室的基金交易员发出交易指令。这种交易指令具体包括买入（卖出）何种有价证券、买入（卖出）的时间和数量、买入（卖出）的价格控制等。

在实际操作中，交易员的地位和作用也是相当重要的。基金经理下达交易指令后要由交易员负责完成，他从基金经理那里接受交易指令，然后寻找合适的机会，以尽可能低的价位买入需要的股票或债券，以尽可能高的价位卖出应当卖出的股票或债券。

2. 投资风险控制措施

为了提高基金投资的质量，防范和降低投资的管理风险，切实保障基金投资者的利益，国内外的基金管理公司和基金组织都建立了一套完整的风险控制机制和风险管理制度，并在基金契约和招募说明书中予以明确规定。

(1) 基金管理公司设有风险控制委员会（或合规审查与风险控制委员会）等风险控制机构。风险控制委员会通常由公司总经理或副总经理、督察员及其他有关人员组成，负责制定风险管理政策，评估、监控基金投资组合的风险，提出改进建议，在市场发生重大变化的情况下，研究制定风险控制办法。

（2）制定内部风险控制制度。其主要包括：严格按照法律法规和基金契约规定的投资比例进行投资，不得从事规定禁止基金投资的业务；坚持独立性原则，基金管理公司管理的基金资产与基金管理公司的自有资产应相互独立，分账管理，公司会计和基金会计严格分开；实行集中交易制度，每笔交易都必须有书面记录并加盖时间章；加强内部信息控制，实行空间隔离和门禁制度，严防重要内部信息泄露；前台和后台部门应独立运作等。

（3）内部监察稽核控制。监察稽核的目的是检查、评价公司内部控制制度和公司投资运作合法性、合规性和有效性，监督公司内部控制制度的执行情况，揭示公司内部管理及投资运作中的风险，及时提出改进意见，确保国家法律法规和公司内部管理制度的有效执行，维护基金投资人的正当权益。

3. 基金管理公司的公平交易制度

各个基金管理公司下面往往有多个基金产品和专户理财产品，为防止不同资产组合间的利益输送，保护基金持有人的利益，维护公平交易制度，中国证监会于2008年3月在根据《证券投资基金法》、《证券投资基金管理公司管理办法》等法律法规基础上制定证券基金管理公司公平交易制度指导意见。为实现公平交易在投资决策、交易制度和信息披露等方面进行规范。

（1）投资决策的内部控制

公司应不断完善研究方法和投资决策流程，提高投资决策的科学性和客观性，确保各投资组合享有公平的投资决策机会，建立公平交易的制度环境。公司应建立客观的研究方法，任何投资分析和建议均应有充分的事实和数据支持，避免主观臆断，严禁利用内幕信息作为投资依据。公司应根据上述研究方法建立全公司适用的投资对象备选库和交易对手备选库，制定明确的备选库建立、维护程序。公司应在备选库的基础上，根据不同投资组合的投资目标、投资风格、投资范围和关联交易限制等，建立不同投资组合的投资对象风格库和交易对手备选库，投资组合经理在此基础上根据投资授权构建具体的投资组合。公司应健全投资授权制度，明确投资决策委员会、投资总监、投资组合经理等各投资决策主体的职责和权限划分，合理确定各投资组合经理的投资权限。投资组合经理在授权范围内可以自主决策，超过投资权限的操作需要经过严格的审批程序。公司应建立系统的交易方法，即投资组合经理应根据投资组合的投资风格和投资策略，制定客观、完整的交易决策规则，并按照这些规则进行交易决策，以保证各投资组合交易决策的客观性和独立性。

（2）交易执行的内部控制

公司应将投资管理职能和交易执行职能相隔离，实行集中交易制度，建立和完善公平的交易分配制度，确保各投资组合享有公平的交易执行机会。如果投资风格相似的不同投资组合对于同一证券有相同的交易需求，公司应保证这些投资组合在交易时机上的公平性，以获得相同或相近的交易价格。对于交易所公开竞价交易，公司应严格执行交易系统中的公平交易程序。对于由于特殊原因不能参与公平交易程序的交易指令，应进行严格的公平性审核。公司应完善银行间市场交易、交易所大宗交易等非集中竞价交易的交易分配制度，保证各投资组合获得公平的交易机会。对于部分债券一级市场申购、非公开发行股票申购等以公司名义进行的交易，各投资组合经理应在交易前独立地确定各投资组合的交易价格和数量，公司应按照价格优先、比例分配的原则对交易结果进行分配。如有不同，需要经过严格的公平性审核。

第二节 基金管理公司的内部控制

一、内部控制的概念

内部控制体系是内部控制机制和内部控制制度的总称，内部控制机制是内部组织结构及其相互之间的运行制约关系；内部控制制度是指公司为防范金融风险，保护资产的安全与完整，促进各项经营活动的有效实施而制定的各种操作程序、管理方法和控制措施的总称。基金管理公司内部控制体系的实质在于合理地评价和控制风险，其总体目标是建立一个决策科学、运作规范、管理高效和持续、稳定、健康发展且能充分维护基金持有人权益的经营实体。

为了充分保护基金持有人的合法权益，保证基金管理公司规范、稳健地运作，尽可能减少和防范风险的发生，基金管理公司都会制定内部控制制度。该制度是依据国家有关的法律法规，如《证券投资基金法》、《证券投资基金管理公司内部控制指导意见》以及基金管理公司的章程，结合自身实际情况制定的。

公司内部控制制度由内部控制大纲、基本管理制度、部门业务规章等部分组成。公司内部控制大纲是对公司章程规定的内控原则的细化和展开，是各项基本管理制度的纲要和总揽，内部控制大纲应当明确内控目标、内控原则、控制环境、内控措施等内容。基本管理制度应当至少包括风险控制制度、投资管理制度、基金会计制度、信息披露制度、监察稽核制度、信息技术管理制度、公司财务制度、资料档案管理制度、业绩评估考核制度和紧急应变制度。部门业务规章是在基本管理制度的基础上，对各部门的主要职责、岗位设置、岗位责任、操作守则等的具体说明。

公司董事会对公司建立内部控制系统和维持其有效性承担最终责任，公司经营层对内部控制制度的有效执行承担责任。

二、内部控制的目标和原则

1. 公司内部控制的总体目标

（1）保证公司经营运作严格遵守国家有关法律法规和行业监管规则，自觉形成守法经营、规范运作的经营思想和经营理念。

（2）防范和化解经营风险，提高经营管理效益，确保经营业务的稳健运行和受托资产的安全完整，实现公司的持续、稳定、健康发展。

（3）确保基金、公司财务和其他信息真实、准确、完整、及时。

2. 公司内部控制的原则

（1）健全性原则。内部控制应当包括公司的各项业务、各个部门或机构、各级人员，并涵盖决策、执行、监督、反馈等各个环节。

（2）有效性原则。通过科学的内控手段和方法，建立合理的内控程序，维护内控制度的有效执行。

（3）独立性原则。公司各机构、部门和岗位职责应当保持相对独立，公司基金资产、自有资产、其他资产的运作应当分离。

（4）相互制约原则。公司内部部门和岗位的设置应当权责分明、相互制衡。

（5）成本效益原则。公司运用科学化的经营管理方法降低运作成本，提高经济效益，以合理的控制成本达到最佳的内部控制效果。

（6）防火墙原则。公司的投资管理、基金运作、计算机技术系统等相关部门，在物理上和制度上适当隔离。对因业务需要知悉内幕信息的人员，制定严格的批准程序和监督处罚措施。

（7）适时性原则。公司内部风险控制制度的制定，应具有前瞻性，并且必须随着公司经营战略、经营方针、经营理念等内部环境的变化和国家法律法规、政策制度等外部环境的改变及时进行相应的修改和完善。

3. 公司内部控制的基本要素

内部控制的基本要素包括控制环境、风险评估、控制活动、信息沟通和内部监控。

（1）控制环境

控制环境是内部控制其他要素的基础，它决定了公司内部控制环境的基调，并影响着公司员工的内控意识。为此，基金管理公司应从两方面入手营造一个好的控制环境。首先，从“硬控制”来看，基金管理公司遵循健全的法人治理结构原则，设置职责明确、相互制约的组织结构，各部门有明确的岗位设置和授权分工，操作相互独立。其次，公司更应注重“软控制”，公司管理层牢固树立内部控制和风险管理优先的理念和实行科学、高效的运行方式，培养全体员工的风险防范意识，营造一个浓厚的内控文化氛围。加强全体员工道德规范和自身素质建设，使风险意识贯穿到公司各个部门、各个岗位和各个环节。

（2）风险评估

基金管理人的风险评估和管理分三个层次进行：①全公司各部门进行风险的自我评估和分析，通过制定相应的控制措施进行自我风险管理。②公司管理层下的风险管理工作委员会负责风险管理工作，设定明确的风险管理目标，建立科学严密的风险控制评估体系，辨认和识别公司内外部的重大风险，评估和分析风险的重大性，制订相应的风险控制方案和有效防范措施。风险管理工作委员会通过定期与不定期风险评估及时防范和化解风险。③董事会专门委员会、风险管理委员会负责公司全面风险管理工作，监控和评价管理层的风险管理工作，并决策重大的风险管理事项。

（3）控制活动

基金管理人制定各项规章制度，通过各种预防性的、检查性的和修正性的控制措施，把控制活动贯穿于公司经营活动的始终。尤其是强调对于基金资产与公司资产、不同基金的资产和其他委托资产实行独立运作，分别核算；严格岗位分离，明确划分各岗位职责，明确授权控制；对重要业务部门和岗位进行适当的物理隔离；制定应急应变措施、危机处理机制和程序。

（4）信息沟通

基金管理人应建立清晰、有效的垂直报告制度和平行通报制度，以确保识别、搜集和交流有关运营活动的关键指标，使员工了解各自的工作职责和公司的规章制度，并建立与客户和第三方的合理交流机制。

（5）内部监控

督察长和监察稽核部对公司内部控制制度的执行情况进行持续的监督，保证内部控制制度的落实。各部门必须切实协助经营管理层加强对公司日常业务管理活动和各类风险的总体控制，并协助解决所出现的相关问题。按照公司内部控制体系的设置，实现一线业务岗位、各部门及其子部门根据职责与授权范围的自控与互控，确保实现内部监控活动的全方位、多层次地展开。

三、基金“老鼠仓”事件及监管措施

1.“老鼠仓”的出现与危害

证券市场上的“老鼠仓”一般是指基金经理利用在基金管理公司工作的职务便利条件，通过所掌握的内部投资信息，在用庞大的公募基金买入、拉升某只或某几只股票之前，借用他人的账户，以个人资金在股票低价位买入建仓，等到公募基金已将股价拉升到高价位后，便率先将个人持有的股票卖出，从而获得高额回报。而机构投资者和散户投资者的资金可能因此被套牢，甚至遭受重大损失。“老鼠仓”的存在，明显违背了证券市场的公开、公平和公正性原则。依据《证券法》的有关规定，“老鼠仓”是属于法律所禁止的一种内幕交易行为，因其利用资金优势、信息优势影响股价而属于一种操纵市场行为，也因其利用公募基金为自己或其关系人谋利而属于一种欺诈客户行为。基金行业是一个建立在信托关系上的行业，管理人受托管理资产，投资者的信任是行业存在的根本。基金从业人员利用“老鼠仓”获得利益，会极大损害投资者对基金行业的信任，动摇行业根本。

2007年上投摩根和南方基金前基金经理唐建和王黎敏“老鼠仓”案发。“老鼠仓”成为各方关注的焦点和证监会重点打击的对象。2008年4月21日，证监会取消了两人的基金从业资格，没收全部非法所得并各处罚款50万元，对“老鼠仓”第一人唐建实施终身市场禁入，对王黎敏实施7年市场禁入。中国证监会又先后查处了4名基金经理张野、涂强、刘海、韩刚的“老鼠仓”案件。其中长城基金原基金经理韩刚涉嫌犯罪的证据材料已被移送公安机关，成为A股市场首个被移送公安机关追究刑事责任的“老鼠仓”基金经理。

2. “老鼠仓”的监管

(1) 刑法对“老鼠仓”的规定

针对证券市场危害性最大的“老鼠仓”和内幕交易，把涉案人员移送公安机关追究刑事责任进行严惩应该是一种常态。只有加大处罚力度，提高犯罪成本，对犯罪者形成震慑，“老鼠仓”现象才能有望减少。《中华人民共和国刑法修正案（七）》对包括“老鼠仓”在内的违规行为有明确涉及：情节严重者，处五年以下有期徒刑或者拘役，并处或者单处违法所得一倍以上五倍以下罚金；情节特别严重的，处五年以上十年以下有期徒刑，并处违法所得一倍以上五倍以下罚金。金融机构的从业人员以及有关监管部门或者行业协会的工作人员，利用因职务便利获取的内幕信息以外的其他未公开的信息，违反规定，从事与该信息相关的证券、期货交易活动，或者明示、暗示他人从事相关交易活动，情节严重的，同罪处罚。

(2) 证监会对“老鼠仓”的监管措施

为进一步提高基金管理公司投资管理人员的合规意识，规范投资管理人员执业行为，防范利益冲突和道德风险，完善公司内部控制，防范“老鼠仓”、关联交易和利益输送等问题，证监会于2009年3月17日公布了《基金管理公司投资管理人员管理指导意见》（以下简称《意见》)。《意见》首先对被监管的投资管理人员限定为“公司投资决策委员会成员；公司分管投资、研究、交易业务的高级管理人员；公司投资、研究、交易部门的负责人；基金经理、基金经理助理”。

《意见》规定投资管理人员的基本行为规范包括：投资管理人员应当严格遵守法律、行政法规、中国证监会规定及基金合同的规定，执行行业自律规范和公司各项规章制度，不得为了基金业绩排名等实施拉抬尾市、打压股价等损害证券市场秩序的行为，或者进行其他违反规定的操作。投资管理人员应当恪守职业道德，信守对基金份额持有人、监管机构和公司作出的承诺，不得从事与履行职责有利益冲突的活动。投资管理人员应当独立、客观地履行职责，在作出投资建议或者进行投资活动时，不受他人干预，在授权范围内就投资、研究等事项作出客观、公正的独立判断。投资管理人员应当公平对待不同基金份额持有人，公平对待基金份额持有人和其他资产委托人，不得在不同基金财产之间、基金财产和其他受托资产之间进行利益输送。投资管理人员应当树立长期、稳健、对基金份额持有人负责的理念，审慎签署并认真履行聘用合同，提前解除聘用合同应当有正当的理由。投资管理人员应当牢固树立合规意识和风险控制意识，强化投资风险管理，提高风险管理水平，审慎开展投资活动。投资管理人员应当加强学习，接受职业培训，熟悉与证券投资基金有关的法规业务知识，不断提高专业技能。

为了监管投资管理人员的行为，证监会规定了以下措施：

公司应当建立公平交易制度，制定公平交易规则，明确公平交易的原则及实施措施，对反向交易、交叉交易及其他可能导致不公平交易和利益输送的异常交易行为加强跟踪监测、及时分析并按规定履行报告义务。

公司在投资管理人员安排方面应当公平对待基金和其他委托资产，不得对特定客户资产管理等其他业务进行倾斜，不得因开展其他资产管理业务影响基金经理的稳定，不得应其他机构客户的要求调整基金经理的工作而损害基金份额持有人的利益。公司应当建立信息管理及保密制度，加强风险隔离。投资管理人员应当严格遵守公司信息管理的有关规定以及聘用合同中的保密条款，不得利用未公开信息为自己或者他人谋取利益，不得违反有关规定向公司股东、与公司有业务联系的机构、公司其他部门和员工传递与投资活动有关的未公开信息。公司应当建立有关投资管理人员个人利益冲突的管理制度，加强对投资管理人员直接或者间接股权投资及其直系亲属投资等可能导致个人利益冲突行为的管理。按照基金份额持有人利益优先的原则，建立相关申报、登记、审查、管理、处置制度，防止因投资管理人员的股权投资行为影响基金的正常投资，损害基金份额持有人的利益。投资管理人员不得直接或间接为其他任何机构和个人进行证券投资活动，不得直接或间接接受证券公司、投资公司、上市公司等其他任何机构和个人提供的礼金、旅游服务等各种形式的利益。投资管理人员履行职责时，对可能产生个人利益冲突的情况应当及时向公司报告。除法律、行政法规另有规定外，公司员工不得买卖股票，直系亲属买卖股票的，应当及时向公司报备其账户和买卖情况。公司所管理基金的交易与员工直系亲属买卖股票的交易应当避免利益冲突。公司应当建立健全通信管理制度，加强对各类通信工具的管理，公司固定电话应进行录音，在交易时间内，投资管理人员的移动电话、掌上电脑等移动通讯工具应集中保管，MSN、QQ 等各类即时通信工具和电子邮件应实施全程监控并留痕，录音、即时通信、电子邮件等资料应当保存五年以上。

第三节 基金管理公司治理结构

公司治理是指诸多利益相关者的关系，主要包括股东、董事会、经理层的关系，这些利益关系决定企业的发展方向和业绩。公司治理讨论的基本问题，就是如何使企业的管理者在利用资本供给者提供的资产发挥资产用途的同时，承担起对资本供给者的责任。利用公司治理的结构和机制，明确不同公司利益相关者的权力、责任和影响，建立委托代理人之间激励兼容的制度安排，是提高企业战略决策能力，为投资者创造价值管理的大前提。在基金业的迅猛发展过程中，公司治理结构不合理，董事会、管理层责权不清的问题越来越成为影响基金业发展的重要因素。为了进一步完善证券投资基金管理公司治理，保护基金份额持有人、公司股东以及其他相关当事人的合法权益，根据证券投资基金有关法律法规，中国证监会制定了证券投资基金管理公司治理准则。

一、完善基金公司治理结构的准则

（1）公司治理应当遵循基金份额持有人利益优先的基本原则。公司章程、规章制度、工作流程、议事规则等的制定，公司各级组织机构的职权行使和公司员工的从业行为，都应当以保护基金份额持有人利益为根本出发点。公司、股东以及公司员工的利益与基金份额持有人的利益发生冲突时，应当优先保障基金份额持有人的利益。

（2）公司治理应当体现公司独立运作的原则。公司在法律、行政法规、中国证监会规定及自律监管组织规则允许的范围内，依法独立开展业务。

（3）公司治理应当强化制衡机制，明确股东会、董事会、监事会或者执行监事、经理层、督察长的职责权限，完善决策程序，形成协调高效、相互制衡的制度安排。上述组织机构和人员应当在法律、行政法规、中国证监会和公司章程规定的范围内。

（4）公司治理应当维护公司的统一性和完整性，公司组织机构和人员的责任体系、报告路径应当清晰、完整，决策机制应当独立、高效。

二、完善基金公司治理结构的具体规定

1. 对公司股东的要求

公司股东应当符合法律、行政法规和中国证监会规定的资格条件，按照法律、行政法规、中国证监会和公司章程的规定，行使股东权利，履行股东义务。股东应当了解基金行业的现状和特点，熟悉公司的制度安排及监管要求，尊重经理层人员及其他专业人员的人力资本价值，树立长期投资的理念，支持公司长远、持续、稳定发展。股东应当尊重公司的独立性，公司及其业务部门与股东、实际控制人及其下属部门之间没有隶属关系。股东及其实际控制人不得越过股东会和董事会直接任免公司的高级管理人员；不得违反公司章程干预公司的投资、研究、交易等具体事务以及公司员工选聘等事宜。股东应当依法严格履行出资义务，不得以任何方式虚假出资、抽逃或者变相抽逃出资，不得以任何形式占有、转移公司资产。股东不得要求公司为其提供融资、担保及进行不正当关联交易，公司不得直接或者间接为股东提供融资或者担保。

2. 对公司董事会的要求

董事会制定公司的组织架构、基本管理制度，应当体现公司的统一性和完整性，从制度设计上保证公司责任体系、决策体系和报告路径的清晰、独立。上述制度及安排不得要求经理层或其他员工违反公司章程的规定直接向股东或者其他机构和人员报告有关基金财产运用的具体事项，不得要求经理层将经营决策权让渡给股东或者其他机构和人员。董事会每年应当至少召开2次定期会议，并可以根据需要召开临时会议。定期会议应当以现场方式召开。董事会可以设立从事风险控制、审计、提名和考核等事务的专门委员会。设立专门委员会的，公司章程应当明确规定各专门委员会的组成及职权，董事会应当制定各专门委员会的工作程序等相应制度。

3. 对公司管理层的要求

公司设总经理1人，可以设副总经理若干人。经理层人员在任期届满前，无正当理由的，董事会不得解除其职务。董事会在上述人员任期届满前解除其职务的，应当书面说明理由。被解除职务的人员有权向股东会、中国证监会及相关派出机构陈述意见。经理层人员应当按照公司章程、制度和业务流程的规定开展工作，不得越权干预投资、研究、交易等具体业务活动，不得利用职务之便向股东、本人及他人进行利益输送。经理层人员应当公平对待所有股东，不得接受任何股东及其实际控制人超越股东会、董事会的指示，不得偏向于任何一方股东。总经理负责公司日常经营管理工作，并应当认真执行董事会决议，定期向董事会报告公司的经营情况、财务状况、风险状况、业务创新等情况。

4. 独立董事制度

公司应当建立独立董事制度，独立董事的人数不得少于3人，比例不少于董事会人数的1/3。独立董事应当保证独立性，以基金份额持有人利益最大化为出发点，对基金财产运作等事项独立作出客观、公正的专业判断，不得服从于某一股东、董事和他人的意志。公司设立时首届独立董事可以由股东提名。继任独立董事可以由独立董事提名，具体提名方式由公司章程规定。股东应当对拟任独立董事的独立性、专业水平、工作能力、履行职责的条件等进行认真评估后，由股东会决定独立董事人选。公司章程可以规定独立董事连任不得超过两届。独立董事应当每年向董事会提交工作报告，对参加会议、提出建议、出具意见、现场工作等履行职责的相关情况进行说明。独立董事的工作报告应当存档备查。

第四节　证券投资基金的市场营销

一、证券投资基金的市场营销

1. 证券投资基金市场营销的概念

证券投资基金的市场营销是指为了创造可同时实现基金管理公司与目标客户的交易机会，而对基金产品的构思、定价、促销和分销进行策划和实施的过程。

2. 证券投资基金市场营销的特点

证券投资基金属于金融服务行业，其市场营销又不同于有形产品营销，有其特殊性，具体体现在以下四个方面：①无形性：证券投资基金是一种无形的金融产品，对此，营销者必须向客户证明服务质量并在提供服务时向客户说明服务的益处，以便建立可靠的信誉。②专业性：要求市场营销人员广泛了解股票市场、债券市场、银行存款、保险等各种金融工具，在营销过程中将有关知识以服务的方式传递给投资人，与一般有形产品的营销相比，对营销人员的专业水平有更高的要求。③多样性：开放式基金的销售是通过银行、证券公司以及基金管理公司的营业网点实现的，由于销售机构不同，销售机构本身提供给客户的服务项目、服务内容、服务手段等是各不相同的。④易消失性：基金属于服务行业，服务很容易消失，因为服务是不能储存的。

3. 证券投资基金市场营销的内容

证券投资基金市场营销涉及的内容包括选择目标市场、营销组合设计、营销过程管理、营销环境分析等四个层次。

（1）选择目标市场

目标客户确定是证券投资基金市场营销的中心，基金公司的一切营销活动都围绕这一中心展开。健全的证券投资基金市场营销要求仔细地分析投资者，选择最好的细分市场并制定战略以便以优于竞争对手的方式服务于选定的细分市场。

（2）营销组合设计

营销组合的四大要素——产品、定价、促销和分销是基金营销的核心内容。四大要素的功能与作用如下：①产品是实现最终目的的手段，产品的设计、开发和改进是中心任务，基金公司应该尽量设法了解客户的需求，开发出能够满足客户需求的多样化的基金产品供客户选择。②定价是将所销售产品的价格定位于与目标市场对该产品所认识的价值相匹配的价值之上，是营销取得成功的关键，定价应当体现客户和基金公司的双赢原则，即产品的定价不能过高，价格为市场所接受，但价格又不能太低，以确保开发出的新产品能为公司创造利润。③促销是将产品或服务已经存在的信息传达到市场上，通过各种有效媒体在目标市场上宣传产品的特点和优点，让客户了解产品在设计、分销、价格上的潜在好处，最后通过市场将产品销售给客户。④分销的主要任务是使客户在需要的时间和地点获得产品。尽管营销组合的四个要素本身都具有其重要性，但是一个营销战略是否成功最终取决于如何把各个因素结合起来并使其互相协调。

（3）营销过程管理

为找到和实施最好的营销组合，基金管理公司要进行市场营销分析、计划、实施和控制。①市场营销分析：公司必须分析市场营销环境，以找到有吸引力的机会和避开环境中的威胁因素。对基金管理公司及其环境的有关数据——过去和现在的——进行搜集、总结并认真评价。②市场营销计划：营销计划是指对有助于公司实现战略总目标的营销战略作出决策。每一类业务、产品或品牌都需要一个详细的营销计划。③市场营销实施：市场营销实施是指为实现战略营销目标而把营销计划转变为营销行动的过程。实施包括日复一日、月复一月地有效贯彻营销计划活动。④市场营销控制：市场营销控制包括估计市场营销战略和计划的成果，并采取正确的行动以保证实现目标。

（4）营销环境分析

营销环境是指在营销活动之外，能够影响营销部门建立并保持与目标客户良好关系的能力的各种因素和力量。营销环境既能提供机遇，也能造成威胁。公司不断地适应变化着的环境是非常重要的。

4. 证券投资基金市场营销的重要意义

证券投资基金的市场营销是实现基金管理公司经营目标的基本活动，营销人员是基金公司实现经营目标的一线实际承载者。某些情况下，销售人员是公司实现成功销售最关键的组成部分，这也是导致公司赋予销售人员更多的责任，并要求其接受更多的教育和培训，以便在当今竞争激烈的市场上更有效地参与竞争的原因。

证券投资基金属于金融服务行业，基金营销具有无形性、易消失性等特点，为此，基金通过对投资人提供的服务体现出来。基金公司的市场形象和品牌地位是通过基金管理公司营销人员在营销活动和服务中逐步形成的。

导致销售和营销重要性不断增强的另一个因素是投资人拥有越来越多的知识，需要更优秀的销售人员为之提供服务。随着证券投资基金投资者教育的开展与深入，以及互联网的普及与应用，投资人拥有的与证券投资基金有关的知识与信息越来越多，信息不对称现象在一定程度上得到了纠正，投资人期望因此大大提升。这就增加了销售人员的责任，要求销售人员彻底了解投资人的赎买过程和需要，从而建立与投资人之间的长期关系。

二、证券投资基金的产品管理

1. 证券投资基金产品管理的内容

证券投资基金的产品管理包括产品的设计开发、基金品牌管理和基金产品线的延伸三方面的内容。

(1) 产品的设计开发

投资者需求的变化、国家政策法规以及证券市场的变动都会给基金产品的创新提供机会。基金产品的构思来源可以分为两类：理念导向型和营销导向型。理念导向型构思来自于投资决策成员、基金经理等专业人士，他们通过前瞻性的分析，判断市场走势并从中寻找可以形成投资品种的机会。营销导向型构思来自于市场拓展人员、分销机构和客户服务人员，他们在与基金持有人的长期交往中深入了解投资者需求，从而针对客户需求特点提出产品构思。就我国目前的情况而言，客观上由于市场投资品种的局限性，主观上由于对投资者的分类和投资需求的界定还没有具体展开，因此，理念导向型的基金产品构思还占据主导地位。但随着开放式基金的推广和投资者长期投资理念的建立和逐步成熟，从投资者需求角度出发形成产品构思将在基金产品开发中起到越来越重要的作用。为此，基金管理公司可以在两方面着手准备：对内组建由市场销售人员等组成的产品开发小组，健全市场部门、投资部门和研究部门之间的信息沟通机制，扩大公司内部新产品开发的构思来源；对外广开思路，与保险公司、信托投资公司以及商业银行结成战略联盟，共享产品开发研究平台，通过学习金融同业的经验，从中获取基金行业新产品的构思源泉和新的目标市场。

（2）基金品牌管理

基金产品的特性是易模仿性，因此，当基金产品进入相对成熟期，在市场中占有了一定的市场份额，产品的差异性也就不那么突出了，此时就要通过基金的品牌管理以达到稳固和扩大市场占有率的目的。基金的品牌主要由三部分构成：业绩、个性和能见度。业绩是建立品牌的最重要的因素，为此，基金管理公司必须“做好本职工作”，给投资者较高的投资回报，同时，还要引导投资者在评价基金业绩时，与基金的类型、投资策略和投资目标结合起来。比如，教育投资者限定在同类型基金之间进行业绩比较，而不是在不同类型基金之间进行比较。个性也是基金品牌的重要组成部分。在建立基金品牌时，基金管理公司必须根据基金产品类别和价值定位定义创新性的品牌个性，并在促销活动的各个环节彰显这一个性。基金管理公司还可以充分利用专业财经公关公司把握市场的“脉搏”，与投资者保持良好沟通，建立并维护自己特有的品牌形象。保持基金产品和服务的能见度是建立品牌的第三个要素。这并不仅仅意味着广告，而是包括了基金管理公司与客户交流的一切方式，通过宣传和分销（确立实际购买时的能见度），形成基金产品在市场上的整体可见度。

（3）基金产品线的延伸

在不断积累产品构思库的同时，基金管理公司必须考虑设计自身的产品线框架，作为指导某个类型基金和单个基金具体设计的纲要。新产品的设计应当服从公司整体基金产品线的构造要求，必须能够对公司目前已有产品进行有效的扩张，或者弥补产品线的空白，或者对已有的市场客户提供更多的投资选择。比如，在基金管理公司搭建了开放式基金平台之后，就可以面向大众投资者开发债券基金、保本基金等新的基金品种，向同一目标市场营销新的产品。

2. 证券投资基金的产品管理的重要性

产品是公司存在的理由，所有公司满足客户的需求是通过产品来实现的，公司不能提供满足客户需求的产品就无法生存下去，营销组合中其他要素以产品为核心，其他要素的作用主要是促使市场接受产品。

三、证券投资基金产品的创新

1. 我国证券投资基金的产品和创新

（1）证券投资基金发展初期的产品状况

自1997年《证券投资基金管理暂行办法》出台以来，我国开始形成规范化的证券投资基金管理。初期基金类型为封闭式股票型基金，基金品种较为单一，投资标的以股票为主，根据投资标的中股票类型不同，划分为成长型基金、收入型基金、平衡型基金、指数型基金。

（2）开放式基金出现后的产品状况及创新情况

2001年开放式基金出现后，基金监管部门、基金管理人等不断探索基金产品的创新，至2002年首只债券型基金——“南方宝元债券基金”出现，才使得基金产品创新有了实质性的进展。到目前为止，已经推出了债券基金、伞形基金、指数基金等众多新的基金品种，保本基金、LOF基金也已开发出来。根据投资标的、服务手段的不同，我国现有开放式基金的产品品种及创新品种主要有以下方面：

①根据投资标的不同，主要有股票型基金、指数基金、债券基金。

②根据服务手段的不同，基金产品的创新主要有伞形基金、LOF基金（上市型开放式基金）、保本基金等。

（3）影响我国证券投资基金产品设计的直接因素

①现有法规限定了基金产品的品种框架。

②证券市场的发达程度直接影响基金品种的设计。

基金产品品种和规模与股市、债市、期市的规模、品种的多寡以及投资的地域限制有直接的关系。在我国，证券投资基金的投资范围主要是流通A股、债券。由于流通A股股票和国债、企业债的品种还不是很丰富，规模较发达国家小，因此限制了基金产品的设计。

（4）我国证券投资基金产品创新的思路

产品创新直接关系到基金管理公司的生存与发展，在我国基金产品创新中应该把握好以下五个问题：

①产品创新应该以市场需求为导向，通过充分的市场调研和市场细分，力求产品特性清晰，有针对性，满足投资者的不同需要，有利于投资者决策。现阶段重点发展低风险基金品种。

②产品创新应该充分运用证券市场已有的金融工具，深入挖掘现有金融工具潜力。

③产品创新应该借鉴国际先进经验和技术。

④产品创新应该与基金交易、市场销售、客户服务等方面的创新紧密结合。

⑤产品创新要协调好市场化与政策约束的关系，使得产品创新符合国民经济和基金业发展的利益。

2. 海外开放式基金的产品创新情况

从国际上的情况看，基金投资领域从资本市场扩大到货币市场，基金品种不断细化。目前国际上可供基金投资的金融产品越来越多，市场规模不断扩大，证券投资基金的投资策略也在不断地变化，多方面的因素促使人们开发越来越多的证券投资基金品种以满足投资者日益多样化的需求。

其中，股票基金有积极成长型基金、新兴市场基金、全球股票基金、成长和收入型基金、成长型基金、收入型股票基金、国际股票基金、地区股票基金、部门股票基金等。债券基金有一般型企业债券基金、中期企业债券基金、短期企业债券基金、一般型全球债券基金、短期全球债券基金、一般型国债基金、中期国债基金、高利息债券基金、抵押债券基金、一般国家市政债券基金、短期国家市政债券基金、全球债券基金、一般型州市政债券基金、短期州市政债券基金、战略收入型基金等。混合型基金有资产配置基金、平衡型基金、灵活组合基金、混合收入基金等。货币市场基金则有国家免税货币市场基金、州免税货币市场基金、应税货币市场政府担保基金、应税货币市场非政府担保基金等。

四、证券投资基金的销售

1. 基金销售的主要内容

其主要包括销售渠道的建设、销售价格确定、促销活动及销售规范等四方面。

2. 基金营销渠道种类

其主要有直销和代销两类渠道。直销渠道为基金管理公司设立的直销中心，代销渠道为与基金签署代销协议的银行、证券公司及其他销售机构。

3. 海外证券投资基金的销售渠道

在美、英、日三国，中介商代销所占份额大大超过基金管理公司直销方式的份额。

近年来，许多基金管理公司、中介商的投资理财网站纷纷推出网上买卖基金的业务。不同的中介机构或基金公司提供的网上服务各有特点：①基金公司的投资理财网站不但可以提供该公司多种基金的净值查询，还可以查询到基金公司的研究报告、市场点评、理财咨询等，方便投资者作出投资决定。②银行的理财优势在于代销的基金种类多样，而且在国外许多银行理财网站还提供试算、基金评比等信息。另外，许多银行开始把定期定额投资基金由银行直接扣除的方式，扩及到信用卡每月固定扣除买卖基金的金额。③证券公司利用良好的服务、低廉的服务价格、提供及时的财经资讯、网上交易、电话交易及店面交易等多种方式为投资者提供服务。

4. 我国证券投资基金的销售渠道

与海外开放式基金的销售相比，我国开放式基金销售的历史较短，基金管理人也在不断尝试各种新的销售方式。对于我国基金行业而言，由于投资者对基金产品尤其是开放式基金还比较陌生，而相应的证券投资基金专业销售机构尚未建立起来，在这样的市场环境下，充分利用代销渠道以加强与投资者的直接接触，是基金管理公司必然的选择。

（1）银行渠道。国有商业银行主要是为基金的销售提供了完善的硬件设施和客户群，但是受限于现有营销体系、激励政策和专业知识，销售方式还处在被动销售上，相应地为投资者提供的个性化服务几乎未得到开展，这就直接影响了大众投资群体的投资热情。

（2）证券公司。证券公司的业务主要面向股票及债券市场，其员工对证券类产品的专业水平较高，面对的客户主要是股民。相比商业银行，券商网点拥有更多的专业投资咨询人员，可以为投资者提供个性化的服务。

（3）基金公司直销中心。基金公司的直销人员对金融市场、基金产品具有相当的专业知识和投资理财经验，尤其对本公司整体行情及本公司基金产品有着深入的了解，能够以专业水准面对专业化的、大型的投资机构、一般企业及个人等。但基金管理公司直销人员规模相对较小。

（4）有部分基金管理公司也建立了网上直销的方式，但规模普遍较小，还处于刚刚起步的阶段。

五、对基金销售的监管

1. 对基金销售机构的规定

（1）基金销售机构资格认定

基金管理人可以办理基金销售业务。商业银行、证券公司、证券投资咨询机构、独立基金销售机构以及中国证监会规定的其他机构可以向中国证监会申请基金销售业务资格。

（2）基金销售机构条件认定

根据2010年证券投资基金销售管理办法，商业银行、证券公司、证券投资咨询机构、独立基金销售机构以及中国证监会规定的其他机构申请基金销售业务资格应当具备下列条件：

①具有健全的法人治理结构、完善的内部控制和风险管理制度，并得到有效执行。

②财务状况良好，运作规范稳定。

③有与基金销售业务相适应的营业场所、安全防范设施和其他设施。

④有安全、高效的办理基金发售、申购和赎回等业务的技术设施，且符合中国证监会对基金销售业务信息管理平台的有关要求，基金销售业务的技术系统已与基金管理人、中国证券登记结算公司相应的技术系统进行了联网测试，测试结果符合国家规定的标准。

⑤有评价基金投资人风险承受能力和基金产品风险等级的方法体系。

⑥制定了完善的业务流程、销售人员执业操守、应急处理措施等基金销售业务管理制度，符合中国证监会对基金销售机构内部控制的有关要求。

⑦中国证监会规定的其他条件。

基金销售机构在销售活动中不得有下列行为：

在签订销售协议或销售基金的活动中进行商业贿赂；以排挤竞争对手为目的，压低基金的收费水平；擅自变更向基金投资人的收费项目或收费标准，或通过先收后返、财务处理等方式变相降低收费标准；采取抽奖、回扣或者送实物、保险、基金份额等方式销售基金；募集期间对认购费用打折；其他违反法律、行政法规的规定，扰乱行业竞争秩序的行为。

2. 对基金销售人员的行为规范

（1）基金管理公司、基金代销机构及其工作人员，在基金的销售活动中，应当严格遵守法律法规和中国证券监督管理委员会（以下简称中国证监会）的有关规定，遵守本行业公认的行为规范和道德准则。

（2）在基金销售过程中，基金管理公司、基金代销机构及其工作人员禁止从事下列行为：①向投资人作虚假陈述、欺骗性宣传，误导投资人买卖基金；②违反法律法规和基金契约、基金招募说明书的规定，向投资人收取额外费用；③任何个人或者机构以强制、抽奖等不正当方式销售基金；④通过基金销售从投资人处获取或者给予投资人与基金销售无关的利益；⑤除基金契约、基金招募说明书规定的情形外，拒绝投资人的认购、申购或者赎回申请。

（3）基金管理公司、基金代销机构向投资人提供专业基金投资咨询服务的工作人员应当具备相应的基金从业资格。

3. 基金销售宣传活动开始时间的规定

基金的设立申请获得中国证监会核准前，不得以任何形式宣传和销售该基金。

4. 基金销售宣传方式的规定

基金的设立获得证监会批准后，基金管理公司可以直接或委托其他机构通过公开出版资料、宣传单、手册、信函、传真、非指定信息披露媒体上刊发的与基金销售相关的公告等面向公众的宣传资料，海报、户外广告，电视、电影、广播、互联网资料、公共网站链接广告、短信及其他音像、通讯资料等，面向公众进行宣传。

5. 基金销售宣传内容的规定

基金管理公司应当确保基金销售宣传的内容真实、准确，并符合下列规定：

（1）不得有虚假记载、误导性陈述和重大遗漏。

（2）不得出现与基金契约、基金招募说明书内容相抵触的陈述。

（3）不得以任何形式向投资人保证获利或者承诺最低收益，经中国证监会批准设立的特殊品种的基金除外。

（4）引用的数据和统计资料应当真实、准确，并注明出处。

基金的销售文件必须含有明确的风险提示和警示性文字，提醒投资人注意投资有风险，应仔细阅读基金的销售文件。引用基金过去业绩的，应同时声明过往业绩并不预示基金的未来表现。含有基金获得中国证监会核准的有关内容的，应同时声明中国证监会对基金的核准并不代表中国证监会对基金的风险和收益作出实质性的判断、推荐或保证。单纯登载有关基金管理公司、基金代销机构企业形象而不涉及任何基金产品的销售宣传，无须含有风险提示和警示性文字。

6. 基金销售费用的规定

（1）基金销售费用的一般规定

基金管理人应当在基金合同、招募说明书或公告中载明收取销售费用的项目、条件和方式，在招募说明书或公告中载明费率标准及费用计算方法。基金销售机构办理基金销售业务，可以收取认购费、申购费、赎回费、转换费和销售服务费等费用。基金销售机构收取基金销售费用的，应当符合中国证监会关于基金销售费用的有关规定。基金销售机构为基金投资人提供增值服务的，可以向基金投资人收取增值服务费。增值服务是指基金销售机构在销售基金产品的过程中，在确保遵守基金和相关产品销售适用性原则的基础上，向投资人提供的除法定或基金合同、招募说明书约定服务以外的附加服务。

（2）开放式证券投资基金销售费用管理规定

开放式证券投资基金的销售费用，是指基金销售机构在发售基金份额以及办理基金份额的申购、赎回等销售活动中收取的费用。基金销售费用结构和费率水平规定如下：

①基金销售费用包括基金的申购费（认购费）和赎回费。对于不收取申购费（认购费）、赎回费的货币市场基金以及其他经中国证监会核准的基金产品，基金管理人可以依照相关规定从基金财产中持续计提一定比例的销售服务费。

②基金管理人发售基金份额、募集基金，可以收取认购费，但费率不得超过认购金额的5%。基金管理人办理基金份额的申购，可以收取申购费，但费率不得超过申购金额的5%。认购费和申购费可以采用在基金份额发售或者申购时收取的前端收费方式，也可以采用在赎回时从赎回金额中扣除的后端收费

方式。基金产品同时设置前端收费模式和后端收费模式的，其前端收费的最高档申购（认购）费率应低于对应的后端最高档申购（认购）费率。基金管理人可以对选择前端收费方式的投资人根据其申购（认购）金额的数量适用不同的前端申购（认购）费率标准。基金管理人可以对选择后端收费方式的投资人根据其持有期限适用不同的后端申购（认购）费率标准。对于持有期低于3年的投资人，基金管理人不得免收其后端申购（认购）费用。

③基金管理人办理开放式基金份额的赎回应当收取赎回费，赎回费不得超过基金份额赎回金额的5%，货币市场基金及中国证监会规定的其他品种除外。基金管理人应当将不低于赎回费总额的25%归入基金财产；对于投资于计提销售服务费的债券基金的投资人，持有期少于30日的，基金管理人可以在基金合同、招募说明书中约定收取一定比例的赎回费。

④对于短期交易的投资人，基金管理人可以在基金合同、招募说明书中约定按以下费用标准收取赎回费：对于持续持有期少于7日的投资人，收取不低于赎回金额1.5%的赎回费；对于持续持有期少于30日的投资人，收取不低于赎回金额0.75%的赎回费。按上述标准收取的基金赎回费应全额计入基金财产。

复习思考题

1. 基金管理公司如何发起和设立？
2. 基金管理公司的主要业务有哪些？
3. 基金的销售方式有哪些？
4. 对基金销售机构的竞争行为有什么规定？
5. 基金管理公司应如何加强内部控制？
6. 基金管理公司应如何进行基金产品线设计？
7. 基金管理公司内部控制应遵循哪些原则？

第五章　证券投资基金的信息披露

第一节　证券投资基金信息披露制度概述

一、基金信息披露的意义和原则

基金的投资者是社会公众，他们希望通过证券投资基金来获取投资收益。为了让基金持有人或潜在的基金投资者能够及时了解基金真实的经营运作情况，减少信息的不对称，并依此进行投资决策，基金管理人和基金托管人必须向公众披露与基金有关的一切信息。基金的信息披露是减少基金持有人和基金管理人委托代理关系的不透明性的重要手段，同时规范的信息披露也是基金规范运作的一个重要方面。良好的信息披露制度会极大地提升投资者对基金管理人的信心和资本市场的公信力。信息披露的准确、及时会降低投资者的信息成本，促使投资者作出正确的判断。强制性的信息披露制度还对基金管理者进行有效的监督，防范基金管理人的道德风险，减少欺诈行为和侵犯基金持有人利益行为的发生。

证券投资基金的信息披露是证券市场信息披露制度的一个组成部分。其信息披露的原则同证券市场信息披露的基本原则是一致的。证券投资基金的信息披露同样要遵循真实、准确、完整、及时的原则。

二、我国基金业的信息披露制度体系建设

基金信息披露制度作为规制证券市场的一项重要法律制度，自产生以来，在保护投资者、保证证券市场高效运营、促进经济健康发展方面起到了巨大的推动作用，成为政府干预证券市场、进行宏观调控的重要工具。因此，世界各国的证券法毫无例外地确立了信息披露制度。我国基金信息披露制度建设的最终目标是形成一个公开透明、纲目兼备、层次清晰、易于操作、公平执行的完整体系，保证基金披露信息的及时、真实、准确和完整，促进基金管理人诚信运作经营理念的树立，更好地保护基金持有人的合法权益。

我国基金业的信息披露制度建设始于1999年颁布的《证券投资基金信息披露指引》，到目前为止，已经形成了一套完整的基金信息披露的法律法规体系。其中，《证券投资基金法》对基金信息披露的主要文件、信息披露义务人和信息披露中的禁止性行为都作了原则性的规定。依据《证券投资基金法》，中国证监会颁布了《证券投资基金信息披露管理办法》，并已于2004年7月1

日起施行。

随着《证券投资基金信息披露管理办法》的实施，证监会1999年颁布的《证券投资基金信息披露指引》同时废止。《证券投资基金信息披露管理办法》对“基金信息披露一般规定”、“基金募集信息披露”、“基金运作信息披露”、“基金临时信息披露”、“信息披露事务管理”、“法律责任”等6个方面进行了详细规定。这比过去的基金信息披露要求更加具体，也更加严格。而对于基金的临时信息披露，《证券投资基金信息披露管理办法》给出了更加清晰的披露范围，规定了28条必须要披露的可能对基金份额持有人权益或者基金份额的价格产生重大影响的事件，这大大超过了过去所要求披露的范围。

在《证券投资基金信息披露管理办法》的基础上，中国证监会又制定了包括基金信息披露内容与格式准则和基金信息披露编报规则的一系列规范性文件。《证券投资基金信息披露内容与格式准则》在原有规范《证券投资基金招募说明书的内容与格式》和《证券投资基金信息披露指引》所附的几个具体内容与格式规定的基础上修订完成，主要对基金招募说明书、上市公告书、年度报告、半年度报告、季度报告、基金合同和托管协议等7个披露文件的内容与格式作出具体规定。随着基金市场的不断发展，中国证监会还会适时推出其他信息披露文件的内容与格式准则。《证券投资基金信息披露编报规则》就特定披露环节和特殊基金品种的信息披露如会计报表、货币基金作出特别规定。

三、基金信息披露中禁止的行为

为了规范证券投资基金的信息披露行为，在《证券投资基金法》中明确规定了基金信息披露中禁止的行为，主要包括：

（1）虚假记载、误导性陈述或者重大遗漏；

（2）对证券投资业绩进行预测；

（3）违规承诺收益或者承担损失；

（4）诋毁其他基金管理人、基金托管人或者基金份额发售机构；

（5）登载任何自然人、法人或者其他组织的祝贺性、恭维性或推荐性的文字；

（6）中国证监会禁止的其他行为。

第二节 证券投资基金募集信息披露

一、基金募集阶段信息披露概述

基金在募集阶段，应当对基金的基本情况进行充分披露，使得投资者能在掌握充分资料的情况下，就是否进行投资作出决策。在该阶段，基金的发起人应当公开披露的信息主要包括基金招募说明书、基金合同、基金托管协议等。

基金募集申请经中国证监会核准后，基金管理人应当在基金份额发售的3日前，将基金招募说明书、基金合同摘要登载在指定报刊和网站上；基金管理人、基金托管人应当同时将基金合同、基金托管协议登载在网站上。基金管理人应当就基金份额发售的具体事宜编制基金份额发售公告，并在披露招募说明书的当日登载于指定报刊和网站上。基金管理人应当在基金合同生效的次日在指定报刊和网站上登载基金合同生效公告。开放式基金的基金合同生效后，基金管理人应当在每6个月结束之日起45日内，更新基金招募说明书并登载在网站上，将更新后的基金招募说明书摘要登载在指定报刊上。在所有这些文件中，最重要的就是基金招募说明书和基金合同。

二、基金招募说明书

1. 基金招募说明书的含义

基金招募说明书是由基金的发起人编制的，面向不特定的具有法律效力的文件，招募说明书除向投资者披露基金本身的情况外，还应当对基金发行等情况进行披露。招募说明书主要依照《证券投资基金信息披露内容与格式准则》第5号《招募说明书的内容与格式》的要求，内容包括：

（1）招募说明书摘要。

（2）基金的投资目标、投资策略、主要的资产配置方向和以往投资业绩等。

（3）基金的基本情况，包括基金发行的总数；投资者购买和赎回基金的程序、时间、地点、价格、其他费用；基金净资产的计算；费用、税收、收益的分配；投资的风险等。

（4）基金契约的修订、终止及清算。其主要说明基金契约何时需要修订、何时终止、基金终止后的清算办法等。

（5）基金持有人大会。其主要说明在什么情况下需要召开基金持有人大会、大会召开的程序和要求等。

（6）基金有关当事人的介绍。其主要是对基金管理人、基金托管人、律师、会计师、监事等的介绍。

（7）基金合同和基金托管协议的内容摘要。

2. 如何阅读基金招募说明书

在购买基金之前，投资者需要做的最重要的事就是阅读招募说明书，在阅读招募说明书时主要应注意如下信息：

（1）招募说明书摘要

招募说明书作为正规的法律文件，内容全面详尽，但切忌篇幅过长，以免阅读起来费时费力。已经对基金有所了解的投资者不妨转而阅读招募说明书摘要。招募说明书摘要包括了招募说明书的精华部分，几乎涵盖了所有投资者需要了解的信息，如：基金的业绩比较标准；基金的风险收益特征；基金的投资组合报告；基金的费用，包括与基金运作有关的费用、与基金销售有关的费用和其他费用；对招募说明书更新部分的说明。

(2) 投资目标

要明确基金的投资目标是长期资本增值收益，还是稳定的现金红利分配。投资者应根据自己的实际需求选择适合自己的基金品种。如果投资人是为子女未来教育而投资，应选择前者；如果是已退休的投资人为了获得每月稳定的收益，则应选择后者。

(3) 投资策略

投资策略是投资目标的具体化，描述基金将如何选择股票、债券以及其他金融工具。比如，其挑选股票的标准是小型快速成长公司还是大型绩优公司？持有债券的种类是国债还是企业债？目前多数基金还对投资组合中各类资产的比例作出限定。此外，招募说明书中提及的只是基金可能投资的范围，至于基金具体投资了什么证券，可通过每季度的投资组合公告了解。

(4) 风险

这是招募说明书中最重要的部分。基金应该详细说明其投资潜在的风险。例如，债券基金通常会重点分析其所投资债券的信用度，以及利率变动对基金净值的影响等。关于风险，国内的基金一般从市场风险、信用风险、流动性风险、管理风险等方面进行描述。

(5) 费用

基金的费用主要有申/认购费、赎回费、管理费和托管费。这些费用信息在招募说明书中有详细说明，以便投资者比较各基金的费用水平。

(6) 基金管理人

基金管理人部分介绍了基金管理公司的情况、基金经理的专业背景和从业经验。投资者应考察基金经理在该基金的任职时间长短以及业绩表现，如果其曾在其他基金任职，从其他基金过往的表现可了解其投资风格以及投资业绩。

(7) 过往业绩

虽然我们常说"过往业绩并不代表将来业绩"，但是过往业绩可以在一定程度上体现基金业绩的连续性。开放式基金每6个月会披露公开说明书以更新招募说明书所披露的信息，其中经营业绩部分对基金历史上单位净值的最高值、最低值和期末值进行回顾比较，有时也披露基金最近6个月的净收益、资产净值以及净值增长率。

三、基金合同

基金合同是规定基金合同当事人之间基本权利与义务的法律文件。基金合同的当事人包括基金发起人、基金管理人、基金托管人和基金份额持有人。作为契约型基金的重要法律文件，基金合同在保护基金投资者合法权益，明确基金合同当事人的权利与义务，规范基金运作中发挥着重大作用。基金合同主要包括如下内容：

（1）募集基金的目的和基金名称；

（2）基金管理人、基金托管人的名称和住所；

（3）基金运作方式；

（4）封闭式基金的基金份额总额和基金合同期限，或者开放式基金的最低募集份额总额；

（5）确定基金份额发售日期、价格和费用的原则；

（6）基金份额持有人、基金管理人和基金托管人的权利与义务；

（7）基金份额持有人大会召集、议事及表决的程序和规则；

（8）基金份额发售、交易、申购、赎回的程序、时间、地点、费用计算方式，以及给付赎回款项的时间和方式；

（9）基金收益分配原则、执行方式；

（10）作为基金管理人、基金托管人报酬的管理费、托管费的提取、支付方式与比例；

（11）与基金财产管理、运用有关的其他费用的提取、支付方式；

（12）基金财产的投资方向和投资限制；

（13）基金资产净值的计算方法和公告方式；

（14）基金募集未达到法定要求的处理方式；

（15）基金合同解除和终止的事由、程序以及基金财产清算方式；

（16）争议解决方式；

（17）当事人约定的其他事项。

基金合同主要是作为法律文件来使用的，其中的大部分内容在招募说明书中都已经涉及。没有涉及的部分包括在招募说明书的基金合同摘要中，投资者可以重点了解基金合同摘要的内容。合同摘要一般包括：基金份额持有人、基金管理人和基金托管人的权利与义务；基金份额持有人大会的相关规定；基金合同解除和终止的事由、程序；争议解决方式；基金合同的效力、存放地和存放方式。

第三节　证券投资基金运作信息披露

证券投资基金在基金合同生效后，就开始进入正式运作。在此期间，基金管理人有义务向投资者定期披露基金的投资运作情况和基金收益情况。基金需要定期公布的文件包括基金资产净值和累计净值公告、基金年度报告、基金半年度报告和基金季度报告。基金的定期公告采用均衡披露的原则。基金季报分三组披露，按基金管理公司名字首字的首个拼音字母排序。基金的年报和基金半年报分五组均衡披露，按基金管理公司名字首字的首个拼音字母排序，将基金管理公司分为五组，以最后五个披露日分别作为各组的披露日期。

一、净值公告和累计净值公告

依据《证券投资基金信息披露管理办法》的规定，开放式基金的基金合同生效后，在开始办理基金份额申购或者赎回前，基金管理人应当至少每周公告一次基金资产净值和基金份额净值。

基金管理人应当在每个开放日的次日，通过网站、基金份额发售网点以及其他媒介，披露开放日的基金份额净值和基金份额累计净值。其中：

基金资产净值是指基金资产总值减去按照国家有关规定可以在基金资产中扣除的费用后的价值。

基金单位资产净值是指计算日基金资产净值除以计算日基金单位总数后的价值。

基金累计净值是基金单位资产净值与基金成立以来累计分红的总和。

二、基金的年度报告和中期报告

基金的年度报告是反映基金全年的运作及业绩情况的报告，是基金存续期信息披露中信息量最大的文件。除中期报告应披露的内容外，年度报告还必须披露托管人报告、审计报告等内容。该报告在会计年度结束后 90 天内公告。

基金的中期报告是反映基金上半年的运作及业绩情况的报告。其主要内容包括管理人报告、财务报告重要事项揭示等，其中，财务报告包括资产负债表、收益及分配表、净资产变动表等会计报表及其附注，以及关联事项的说明等。基金中期报告可以不经过审计。该报告在会计年度的前 6 个月结束后 60 日内公告。

基金的年度报告和中期报告的编制主要依据《证券投资基金信息披露内容与格式准则》第 2 号《年度报告的内容与格式》和第 3 号《半年度报告的内容与格式》。在阅读年报和半年报时可重点关注以下几方面：

（1）由于基金净值的及时公布和基金组合资产品种的定期披露，已使投资者在日常的交易过程中掌握了一定的基金产品信息。但因基金的经营业绩也是按年度进行计算的，因此，相对于日常的基金信息披露，基金年报揭示的信息将更加全面、更加权威，对基金产品的投资更有参考价值。现实的情况是，基金年报却不被投资者所广泛重视。其实，投资者只要重视基金年报，并掌握了阅读基金年报的科学方法，将对基金产品有一个更加细致的了解，完全可以找到基金产品中的亮点。

（2）基金投资策略。尽管每只基金产品发行时，都有一定的投资策略，这些投资策略都是指导性的，但因市场瞬息万变，为捕捉投资中的机会，基金管理人也会根据市场情况变化进行适度的策略调整。为此，投资者不能总是以基金招募书上的投资策略作为评定基金产品策略一贯性的标准。当投资者通过阅读基金年报，及时掌握了基金的策略变化，就会作出自己的投资策略调整，跟上基金的操作步伐。

（3）基金投资组合。通过阅读基金年报，投资者将了解哪些投资组合资产品种产生了收益，哪些投资组合资产品种产生了亏损；被调出资产品种和被调入资产品种之间有什么不同点和共同点。通过对基金组合资产品种的分析、对比和了解，有利于投资者预测未来的投资风险。

（4）基金经理的投资风格。通过阅读基金年报，投资者将从基金的投资策略、持仓品种的变化、资产配置产生的效益等诸方面，对基金经理的投资风格作出全面评价，以此检测基金经理操作基金的能力和水平。

（5）基金持有人结构。通过阅读年报，了解基金持有人的结构变化，基金申购、赎回、转换的频度，将为投资者提供重要的投资参考。投资者的偏好不同，基金资产品种收益的波动性，以及基金营销持续服务中的不足等多种因素，共同造成基金申购、赎回的频度，从而使基金的规模受到限制，导致基金资产配置被动性调整，从而使基金的运作处于不稳定状态，因无法进行资产的优化配置而使业绩不断下滑。因此，通过阅读基金年报，观察交易频度，了解基金规模，将更多地凸现出基金经营和运作中的风险之处。

（6）基金分红策略。实证表明，无论采用哪种分红方式，都有助于降低基金的赎回频度，促使投资者积极申购。因此，对于具备分红条件的基金产品，还是应当积极分红的。为防止减少现金流出，实行基金的滚动投资，基金产品分红可以鼓励投资者采取红利再投资方式。同时，持续稳定的分红，将有助于基金净值的增长，形成基金净值和分红同方向变化的联动关系。

（7）基金的内控机制。作为投资者，阅读基金年报，最不能忽略的恐怕就是基金管理公司的内部控制机制。基金经理的投资风格，基金产品投资组合，基金的运作业绩，基金持有人变化，将更多地凸现出基金内控机制的完善性、科学性、规范性、高效性，从而观察和了解基金产品运作的风险控制能力。同样，一个健全的内部控制制度也有助于基金运作业绩的大幅度提高。

第四节 证券投资基金临时信息披露

基金在运作过程中发生可能对基金持有人权益及基金单位的交易价格产生重大影响的事项时，为保护基金持有人的利益，提高证券投资基金运作的透明度，应按照法律法规及中国证监会的有关规定及时报告并编制临时报告书，经交易所核准后予以公告。

所称重大事件，是指可能对基金份额持有人权益或者基金份额的价格产生重大影响的下列事件：

（1）基金份额持有人大会的召开；

（2）提前终止基金合同；

（3）基金扩募；

（4）延长基金合同期限；

（5）转换基金运作方式；

（6）更换基金管理人、基金托管人；

（7）基金管理人、基金托管人的法定名称、住所发生变更；

（8）基金管理人股东及其出资比例发生变更；

（9）基金募集期延长；

（10）基金管理人的董事长、总经理及其他高级管理人员、基金经理和基金托管人、基金托管部门负责人发生变动；

（11）基金管理人的董事在1年内变更超过50%；

（12）基金管理人、基金托管人、基金托管部门的主要业务人员在1年内变动超过30%；

（13）涉及基金管理人、基金财产、基金托管业务的诉讼；

（14）基金管理人、基金托管人受到监管部门的调查；

（15）基金管理人及其董事、总经理及其他高级管理人员、基金经理受到严重行政处罚，基金托管人及其基金托管部门负责人受到严重行政处罚；

（16）重大关联交易事项；

（17）基金收益分配事项；

（18）管理费、托管费等费用计提标准、计提方式和费率发生变更；

（19）基金份额净值计价错误达基金份额净值的0.5%；

（20）基金改聘会计师事务所；

（21）变更基金份额发售机构；
（22）基金更换注册登记机构；
（23）开放式基金开始办理申购、赎回；
（24）开放式基金申购、赎回费率及收费方式发生变更；
（25）开放式基金发生巨额赎回并延期支付；
（26）开放式基金连续发生巨额赎回并暂停接受赎回申请；
（27）开放式基金暂停接受申购、赎回申请后重新接受申购、赎回；
（28）中国证监会规定的其他事项。

复习思考题

1. 什么是证券投资基金的信息披露？
2. 基金的信息披露主要包括哪些内容？
3. 如何阅读基金招募说明书？
4. 基金合同包括哪些内容？
5. 基金运作信息披露包括哪些内容？
6. 哪些事件构成需要进行基金临时信息披露的重大事件？
7. 如何阅读基金的年度报告和中期报告？

第六章　证券投资基金的监管

证券投资基金以资本市场为投资对象，基金资产规模庞大，投资参与者社会涉及面广。一旦市场风险爆发，会迅速波及整个资本市场，给一国的金融体系乃至社会稳定都会带来严重后果。加强对证券投资基金的监管是保证证券投资基金市场平稳、高效、规范运行的重要条件。因此，世界各国对证券投资基金都采取相对严格的监管措施，建立行之有效的监管体系。

第一节　证券投资基金监管概述

一、基金监管的含义

基金监管就是对基金行业的监督管理，是指基金的相关管理部门运用法律的、经济的及必要的行政手段对基金的募集、发行、交易等行为及基金管理公司的行为进行监督和管理。

证券投资基金监管的意义表现在以下三个方面：

（1）能够有效地调控证券投资基金的发展方向、发展规模及基金结构，保证基金业的有序发展。

证券投资基金作为金融市场中的一种重要投资工具，随着社会经济的发展和金融市场的不断创新，证券投资基金可选择的投资方向越来越广泛，人们组建证券投资基金及拓展投资渠道的欲望也会越来越强烈，如果没有基金的监管或基金监管滞后、监管不力，必然会引发乱集资、乱投资、炒股票、炒债券、高风险投资等不规范运作及其他的投机行为，基金规模和结构的合理化与优化将受到严重的破坏，基金的有序发展也会由此而无法实现。因此，加强对基金的监管，严格基金的发起成立，规制基金的运行方向、规模和结构，基金对证券市场及整个金融市场的重要推动作用才能得以充分展示。

（2）通过监管对基金进行有效的培育和引导，有助于推进证券投资基金的快速成长壮大。

证券投资基金的产生有其自发性，它是证券市场发展到一定阶段的产物。而加强对基金的监管，特别是充分发挥政府在基金监管中的积极作用，可以依靠政府及其职能部门强有力的宏观调控功能，采取积极有效的措施，优化基金发展的环境，尽力防范基金发展中可能出现的可预见的问题和缺陷。从基金的产生发展开始就进行有计划、有目的、有步骤的引导、调节和控制，甚至利用政府的力量为基金的发展壮大注入强大的动力，迅速而有效地推进基金的成长，可以尽快跟上基金国际化发展的步伐。

（3）实施证券投资基金的监管，有利于基金市场的公平竞争。

市场经济的基本特征是竞争，市场竞争是市场发展的重要条件。证券投资基金的发展也必须强调竞争，但基金市场中的竞争如果是无规则的，就会导致市场的混乱和对经济的破坏，基金最终也将无法存在。加强基金的监管从某种意义上讲，就是为基金市场的竞争制定出一种共同遵守的竞争规则，特别是法律的制定和实施，它是基金运作和发展变化的边界。基金监管机制的建立和完善，使得证券投资基金的发展演变及其相应的行为有章可循，有法可依，既能为基金发展提供规范运作指导，也能为基金的运行发展提供有效的保护，从而避免基金市场出现无序发展的混乱局面。

二、各国基金监管体制的比较

基金监管体制是法律中对基金市场实行监管的机构及其运作机制的规范称谓，它既是基金管理实践的理论升华，也是一种制度安排，并且对基金运行有着深刻的影响。在现代市场经济条件下，发达的基金监管体制有许多共同之处，主要表现为：它们是基金业健康发展的基础和保证，都以较为成熟和完善的法律规定为基本依据和保障，都有明确的专职监管机构，都有明确的管理模式和管理工具。虽然发达的基金监管体制具有较多的共同之处，但无论发达国家还是发展中国家，其基金监管体制还是有很大差异性的，这主要表现在基金监管的主体及其在监管体系中各自发挥作用的大小不同。

1. 英国监管模式分析

英国是现代证券投资基金的发源地，英国在长期的实践中，逐步形成了一套以基金行业自律为中心的基金管理体制。英国模式以基金行业组织自律管理为主要特征，强调建立和完善带有自律性的民间管理协会，并由协会制定出相应的规划进行自我控制、自我约束和自我管理。而政府除适当的宏观调控外，并不具体干预基金业务。这种模式能够充分发挥基金行业的自律功能，有利于保持证券投资基金行业的长期稳定和规范，不易出现大起大落的波动，对证券市场及整个金融市场的稳定有积极作用。但该模式不利于形成全国统一的法律规范，法律功能弱化，而且很容易导致行业协会的垄断，致使基金的开放程度降低，这与现代市场经济的发展相矛盾，同时，也不利于一国证券投资基金的国际化发展和外资的引入。

2. 美国监管模式分析

美国对证券投资基金的监管始于1929年的世界性经济危机。在美国，证券投资基金的管理机关是证券交易委员会（SEC）。20世纪30年代，美国先后颁布了有关证券投资基金发展的各种法律法规，有《1933年联邦证券法》、《1934年证券交易法》、《1940年投资公司法》、《1940年投资顾问法》等。以法律为准绳来监督、检查和控制基金的行为，强调基金企业在法律约束下进行自律管理。该模式符合现代市场经济发展要求，既能为证券投资基金的有序发展奠定良好的法律基础，又能为广大投资者提供完整的法律保护，使得证券投资基金的发展充满了活力。但此模式弱化了政府功能，不利于证券投资基金的迅速起步和成长壮大，也不利于及时、有效地处理证券投资基金发展中出现的各种新问题。

3. 日本监管模式分析

日本的证券投资基金是在政府的积极倡导和支持下成长起来的，因而，日本证券投资基金监管模式的最大特征在于政府对基金发展的严格管制，通过政府职能机构制定强有力的措施来对基金发展的方向、规模及基金的运行和管理进行引导、调节。日本模式的优点在于可以充分发挥政府的功能，迅速推进证券投资基金的起步和发展，缩短基金发展的成熟期，同时也有利于发挥证券投资基金在支持国家金融发展和经济建设方面的积极作用。但是，这种模式带有浓厚的行政和计划色彩，容易滋生腐败和官僚作风；该模式下的基金行业自律性较差，市场竞争亦不充分，不利于基金业的长远发展。

三、我国证券投资基金监管现状

1. 我国基金业的监管机构及其职责

我国的基金业正处于一个刚刚起步并且在快速发展的阶段，行业自律能力不强。因此，为了保证基金业的持续、健康发展和规范运作，对证券投资基金实施的是严格的政府监管。中国证监会及其派出机构依法对证券投资基金进行监管。依据《证券投资基金法》，证券监督管理机构主要履行以下职责：

（1）依法制定有关证券投资基金活动监督管理的规章、规则，并依法行使审批或者核准权；

（2）办理基金备案；

（3）对基金管理人、基金托管人及其他机构从事证券投资基金活动进行监督管理，对违法行为进行查处，并予以公告；

（4）制定基金从业人员的资格标准和行为准则，并监督实施；

（5）监督检查基金信息的披露情况；

（6）指导和监督基金同业协会的活动；

（7）法律、行政法规规定的其他职责。

证监会下设基金监管部，是对基金管理公司及证券投资基金进行监管的实际执行机构，该部门于1998年9月正式成立。其职责主要为：基金信息报送和数据统计、对外信息发布；拟定基金管理公司及高级管理人员业务规则并实施监管；拟定托管银行业务规则并实施监管；负责基金信息披露、基金投资与交易行为监管；拟定基金产品、基金销售的业务规则并实施监管；拟定合格境外机构投资者（QFII）及托管行的业务规则并实施监管。

2. 我国基金监管的目标

（1）维护基金市场的秩序，有效控制信息不对称带来的风险，维护投资者的利益。

（2）提高基金业操作的透明度，充分发挥和运用市场机制的作用，限制基金对证券市场的消极影响。

（3）防止操纵市场，禁止证券欺诈、利益输送等不法行为，提高基金业的公信力，增强投资者的信心，营造“公开、公平、公正”的投资环境。

四、我国基金监管的立法建设

我国的证券投资基金监管起步于1997年，法律法规的制定也是一个逐步完善的过程。在证券监管部门的推动下，已经有了一个较为完善的法律法规体系。其中《证券投资基金法》是监管的核心法律，以其为基础，还有一系列的配套规章和文件。部门规章主要有《证券投资基金管理公司管理办法》、《证券投资基金信息披露管理办法》、《证券投资基金行业高级管理人员任职管理办法》、《证券投资基金销售管理办法》、《证券投资基金托管资格管理办法》、《证券投资基金运作管理办法》、《货币市场基金管理暂行规定》等。规范文件包括《证券投资基金管理公司治理准则（试行）》、《证券投资基金信息披露内容与格式准则》、《证券投资基金信息披露编报规则》等。自律性文件有《证券投资基金业从业人员执业守则》。这些法律法规和规章的制定与完善，使我国证券投资基金的监管处于一个有法可依的法律环境之中，大大提高了监管的水平和效率。

第二节 对基金管理人和托管人的监管

一、对基金管理公司的监管

证券投资基金的本质是专家理财，基金持有人将资产委托给基金管理人管理，存在委托代理关系。由于我国目前都是契约型基金，使得委托代理关系更为复杂，即基金持有人将资产委托给基金管理人运作，基金管理人将资产委托基金托管人保管。由于信息的不对称性，在这两级代理关系中就可能出现道德风险和逆向选择。因此，对基金管理公司和托管人的监管就尤为重要。

对基金管理公司的监管依据主要是《证券投资基金法》和《证券投资基金管理公司管理办法》。对基金管理公司的监管主要包括：

（1）对基金管理公司设立的条件建立了具体认定标准，强调股东诚信。例如：要求公司设立时拟任高级管理人员、业务人员不少于15人；股东应当取得基金从业资格、持续经营3个以上完整的会计年度，公司治理健全，内部监控制度完善；最近3年没有因违法违规行为受到行政处罚或者刑事处罚；没有挪用客户资产等损害客户利益的行为；没有因违法违规行为正在被监管机构调查，或者正处于整改期间；具有良好的社会信誉，最近3年在税务、工商等行政机关，以及金融监管、自律管理、商业银行等机构无不良记录。

（2）对基金管理公司设立，变更股东、注册资本、股东出资比例，变更名称和住所，变更章程等进行审核。

（3）严格规范基金管理公司的治理和经营，维护基金份额持有人利益。《证券投资基金管理公司管理办法》要求基金管理公司建立组织机构健全、职责划分清晰、制衡监督有效、激励约束合理的治理结构，保持公司规范运作，维护基金份额持有人的利益；要求基金管理公司建立和股东之间的业务隔离制度，禁止股东直接干预公司的经营管理或者基金财产的投资运作，不得在证券承销、证券投资等业务活动中要求基金管理公司为其提供配合；要求基金管理公司建立健全独立董事制度和督察长制度，独立董事人数不得少于3人，且不得少于董事会人数的1/3，督察长由董事会聘任，对董事会负责，对公司经营运作的合法合规性进行监察和稽核；要求基金管理公司高级管理人员及其他工作人员忠实、勤勉地履行职责，不得为股东、本人或者他人谋取不正当利益。

（4）督促基金管理人建立和完善内控制度。通过制定一系列措施，对基金管理公司内控制度的建立和完善予以规范。其主要包括：要求基金管理人与其股东在人员、资产和运作等方面严格独立；严格限制基金管理人自有资金的运用范围；要求基金管理人制定和执行有效的、高标准的业务规程；基金投资要有科学的研究、决策、执行程序；防范内幕交易和不当关联交易等风险；基金管理人内部设立独立于业务部门的监察稽核部；督察员拥有充分的监察稽核权力，专职检查、监督公司及员工遵守各项法规和公司制度的情况。

（5）强化公司监管，明确对基金管理公司的监管方式和监管措施。《证券投资基金管理公司管理办法》规定，中国证监会对基金管理公司的公司治理、内部监控、经营运作、风险状况，以及相关业务活动进行非现场检查和现场检查；基金管理公司应报送年度财务报告、内部监控评价报告、监察稽核报告等材料，基金管理公司在发生对公司经营产生重大影响的事项和突发事件时应当向中国证监会报告；中国证监会可以进入基金管理公司进行现场检查，要求公司提供与检查事项有关的资料；基金管理公司违反法律、行政法规、中国证监会的规定或者存在较大经营风险的，中国证监会可以责令其整改，暂停办理相关业务；对直接负责的主管人员和其他直接责任人员，可以采取监管谈话、出具警示函、记入诚信档案、暂停履行职务、认定为不适宜担任相关职务者等行政监管措施。对基金管理公司股东存在违法违规行为的，中国证监会也可以采取行政监管措施。

二、对基金托管人的监管

证券监管机构对基金托管人的监管主要依据《证券投资基金法》和《证券投资基金托管资格管理办法》。对基金托管人的监管主要从市场准入和日常管理两方面进行监管。在市场准入方面，《证券投资基金托管资格管理办法》大幅降低了托管银行准入门槛，打破目前基金托管业务收入由国内大银行瓜分的相对垄断局面，给中小银行特别是一些规模较大的城市商业银行带来了机会，引进新的基金托管服务提供者，通过良性竞争，带动行业整体水平的提高。具体的市场准入要求包括：

（1）最近3个会计年度的年末净资产均不低于20亿元人民币，资本充足率符合监管部门的有关规定；

（2）设有专门的基金托管部门，并与其他业务部门保持独立；

（3）基金托管部门拟任高级管理人员符合法定条件，拟从事基金清算、核算、投资监督、信息披露、内部稽核监控等业务的执业人员不少于5人，并具有基金从业资格；

（4）有安全保管基金财产的条件；

（5）有安全高效的清算、交割系统；

（6）基金托管部门有满足营业需要的固定场所、配备独立的安全监控系统；

（7）基金托管部门配备独立的托管业务技术系统，包括网络系统、应用系统、安全防护系统、数据备份系统；

（8）有完善的内部稽核监控制度和风险控制制度；

（9）最近3年无重大违法违规记录；

（10）法律、行政法规规定的和经国务院批准的中国证监会、中国银监会规定的其他条件。

三、对基金业高级管理人员的监管

证券投资基金行业高级管理人员，是指基金管理公司的董事长、总经理、副总经理、督察长以及实际履行上述职务的其他人员，还有基金托管银行基金托管部门的总经理、副总经理以及实际履行上述职务的其他人员。对基金业高级管理人员的监管主要依据《证券投资基金法》及其配套法规《证券投资基金行业高级管理人员任职管理办法》。《证券投资基金行业高级管理人员任职管理办法》明确了高级管理人员的任职条件和审核程序；严格了高级管理人员的准入标准（例如，要求拟任人员应取得基金从业资格、通过高级管理人员证券投资法律知识考试、具有与拟任职务相适应的管理经历，督察长应具有法律、会计、监察、稽核等工作经历等）；规定了高级管理人员应遵守的基本行为规范，围绕专业、诚信、勤勉、守规的原则，有针对性地对各类高级管理人员、董事、基金经理应遵循的基本行为规范进行了规定；加强了对高级管理人员持续监管和处罚的力度（例如，建立高级管理人员考核制度及管理信息系统；基金公司董事长不能履行职责时及时选定代行职务的人员并报告证监会；基金公司及基金托管银行应建立离任制度等）。

高级管理人员的具体任职资格规定如下：取得基金从业资格；通过中国证监会或者其授权机构组织的高级管理人员证券投资法律知识考试；具有3年以上基金、证券、银行等金融相关领域的工作经历及与拟任职务相适应的管理经历，督察长还应当具有法律、会计、监察、稽核等工作经历；没有《中华人民共和国公司法》、《证券投资基金法》等法律、行政法规规定的不得担任公司董事、监事、经理和基金从业人员的情形；最近3年没有受到证券、银行、工商和税务等行政管理部门的行政处罚。

高级管理人员所应遵守的行为规范包括：高级管理人员、基金管理公司基金经理应当维护所管理基金的合法利益，在基金份额持有人的利益与基金管理公司、基金托管银行的利益发生冲突时，应当坚持基金份额持有人利益优先的原则。

高级管理人员、基金管理公司基金经理不得从事或者配合他人从事损害基金份额持有人利益的活动，不得从事与所服务的基金管理公司或者基金托管银行的合法利益相冲突的活动。高级管理人员、基金管理公司基金经理应当具有良好的职业道德，勤勉尽责，切实履行基金合同、公司章程和公司制度规定的职责，不得滥用职权，不得违反规定授权他人代为履行职务，不得利用职务之便谋取私利，未经规定程序不得离职。基金管理公司董事应当按照公司章程的规定出席董事会会议，参加公司的活动，切实履行职责。独立董事应当审慎和客观地发表独立意见，切实保护基金份额持有人的合法权益。基金管理公司总经理应当认真执行董事会决议，有效执行公司制度，防范和化解经营风险，提高经营管理效率，确保经营业务的稳健运行和所管理的基金财产安全完整，促进公司持续、稳定、健康发展。基金管理公司副总经理应当协助总经理工作，忠实履行职责。基金管理公司督察长应当认真履行职责，对公司各项制度、业务的合法合规性及公司内部控制制度的执行情况进行监察、稽核。基金管理公司基金经理应当严格遵守基金合同及公司有关投资制度的规定，审慎勤勉，充分发挥专业判断能力，不受他人干预，在授权范围内独立行使投资决策权。基金托管银行基金托管部门的总经理、副总经理应当建立、健全本部门的各项业务制度和管理制度，确保本部门切实履行托管人职责，监督基金管理人的投资运作，保障基金财产的独立与完整。高级管理人员和基金管理公司董事、基金经理应当加强业务学习，跟踪行业发展动态，按照中国证监会的规定参加业务培训，不断提高管理水平和专业技能。

第三节　对基金具体运作的监管

一、对基金销售的监管

随着基金业的发展，基金的销售一度利润十分丰厚，引发了基金销售的过度竞争。基金销售竞争加剧，并出现了费用打折、宣传推介不规范等问题，销售渠道也一度十分混乱。《证券投资基金销售管理办法》的出台整合了原有法规，对基金销售活动的有关问题进行了全面的规定，新的规定有助于提升行业的公信力。总结起来，依据《证券投资基金销售管理办法》所实施的监管主要具有以下特点：

（1）法律效力高。该办法是依据《证券投资基金法》制定的配套法规，是第一部规范基金销售活动的部门规章。与以往法规相比，《证券投资基金销售管理办法》的法律效力更高，可以更好地满足监管需要。

（2）监管内容更完善。《证券投资基金销售管理办法》系统地规定了基金代销机构的准入条件；基金宣传推介材料的许可条件和许可程序；基金销售费用；基金管理人、基金代销机构办理基金销售业务要遵守的业务规范以及监督管理的内容。这有利于建立较为完整的基金销售法规体系，有利于加强基金销售活动监管。

（3）明确各类基金代销机构的准入标准，有利于建立多层次的基金销售体系。《证券投资基金销售管理办法》根据《证券投资基金法》的授权，明确规定了商业银行、证券公司、证券投资咨询机构和专业基金销售公司可以申请基金代销业务资格，从法规层面为拓宽基金销售渠道创造了条件。

（4）明确了基金宣传推介材料的事前报备程序，保护投资人权益。《证券投资基金销售管理办法》将基金宣传推介材料作为独立的一章，详细地规定了基金宣传推介材料的必备内容与具体要求。新的办法明确要求基金宣传推介材料应当事先经基金管理人的督察长检查，出具合规意见，并报中国证监会备案。

在基金宣传推介材料的内容要求方面，要求基金宣传推介材料不得预测收益率，不得夸大或片面宣传基金，不得违规承诺收益或承担损失，不得登载单位或个人的推荐性文字等，这使得基金公司在设计基金宣传推介材料时有法可依。

(5) 在基金费率方面，《证券投资基金销售管理办法》不但重申了基金认购、申购、赎回费的费率上限和披露标准，而且增加了行业协会可以规定认购、申购、赎回费的最低标准的内容，以促进自律组织规范基金销售活动。

(6) 在销售业务规范方面，新的办法不但对禁止性行为进行了补充，还对基金管理人、基金代销机构办理基金销售业务要遵守的规则进行了明确界定，从而达到防止非法挪用投资人资金、误导投资人和进行恶性竞争的目的。

(7) 在监督管理方面。以往法规仅仅规定中国证监会对基金销售活动实施监督管理，而新的办法则强化了基金管理人的合规营销意识和自我约束责任，要求基金公司在募集基金前、后均应安排合规自查。

(8) 法律责任。与原有的规章相比，新的办法根据《证券投资基金法》的授权，明确规定了违规行为的处罚条款，细化了基金销售活动的监管规则，对照《证券投资基金销售管理办法》中明确规定的要求和禁止性行为，规定了责令整改、暂停办理相关业务、监管谈话、出具警示函、记入诚信档案、暂停履行职务、认定为不适宜担任相关职务者等行政监管措施和警告、罚款等行政处罚措施，加强了可操作性。

二、对基金运作的监管

目前对基金运作的监管主要依据的是《证券投资基金运作管理办法》，该办法由证监会颁布，于2004年7月1日开始实施。《证券投资基金运作管理办法》主要从以下五个方面对基金的运作进行了规范，主要包括：

1. 基金的募集

其主要规定了有关基金募集核准条件和基金募集成功的条件及备案程序。

2. 基金份额的申购和赎回

针对基金份额申购、赎回流程中的基本业务活动作了相关规定。主要增加了禁止在非交易日和交易时间进行申购、赎回（盘后交易），以确保各类投资人在申购、赎回基金份额时能得到公平对待。

3. 基金的投资和收益分配

规定了基金分类及相关的投资比例要求、基金投资限制。收益分配部分规定开放式基金应当在基金合同中约定每年的最多分配次数和最低分配比例。

4. 基金份额持有人大会

根据《证券投资基金法》的规定，对基金份额持有人大会的召开事项和召集程序进行了细化。规定基金管理人为基金持有人大会的第一召集人。基金管理人和基金托管人均不愿或不能召开基金持有人大会的，代表基金份额总额

10% 的基金持有人可以自行召开基金持有人大会。

5. 监督管理和法律责任

针对基金运作过程中的违法违规行为规定了相应的行政监管措施和行政处罚。

在新的《证券投资基金运作管理办法》中，有很多十分具体的规定。比如：针对目前基金产品设计中基金分类、产品定位不太明确的情况，要求基金明确按《证券投资基金运作管理办法》的规定表明类别；针对目前部分基金名称不能反映其产品特征的情况，要求基金名称应表明类别和投资特征。

对基金管理人的投资比例进行了限制，要求一只基金持有一家上市公司的股票，其市值超过基金资产净值的 10%；同一基金管理人管理的全部基金持有一家公司发行的证券，超过该证券的 10%；基金财产参与股票发行申购，单只基金所申报的金额超过该基金的总资产，单只基金所申报的股票数量超过拟发行股票公司本次发行股票的总量；不得违反基金合同中关于投资范围、投资策略和投资比例等约定。对基金的收益分配也给出了具体的比例限制。

三、基金行业的自律管理

行业协会的自律历来是行业监管的一个重要组成部分。在我国，基金行业的自律组织是中国证券业协会下的基金公会。基金公会的宗旨是保护投资人的合法权益，发挥政府和会员之间的桥梁和纽带作用，维护会员的合法权益，促进证券投资基金业的健康稳定发展。其主要职能包括：制定自律规则，监督检查会员行为，制止行业不正当竞争，维护会员的合法权益，开展投资者教育，组织培训，就基金业发展中的重要问题进行研究、交流，组织基金业的国际交流等。为提高证券投资基金从业人员的职业道德和自律意识，维护基金投资人的合法权益，树立基金业的良好形象，促进基金业健康、稳定发展，基金公会还制定了基金业从业人员执业操守及行为准则。

证券投资基金业从业人员执业守则规定如下：

（1）遵守国家有关法律法规、监管部门规定、基金契约，以及行业公认的职业道德和行为规范。

（2）坚持“公平、公正、公开”原则，公平对待基金和基金投资人，依法保障基金投资人的合法权益。

（3）以基金资产的保值增值为目标，以取信于基金投资人、取信于市场、取信于社会为宗旨，规范管理，忠于职守，自觉维护证券市场的正常秩序。

（4）诚实对待基金投资人，确保向基金投资人提供的信息真实、准确、完整和及时。

（5）勤勉、谨慎、尽责地履行职责。

(6) 严格遵守基金投资规程，有效控制投资风险，以专业经营方式管理和保管基金资产。

(7) 遵守工作纪律，只就具备资格和能力处理的事项提供意见。

(8) 保守基金、基金投资人及本人所在公司的商业秘密。

(9) 热爱本职工作，努力钻研业务，不断提高专业技能。

(10) 团结同事，协调合作，优质高效地完成本职工作。

(11) 珍惜基金业的职业荣誉，自觉维护本行业及所在公司的声誉。

(12) 禁止下列行为：

①违反证券交易制度和规则，扰乱市场秩序；

②故意损害基金投资人及其他同业机构、人员的合法权益；

③违反基金契约、托管协议等有关法律文件；

④信息披露不真实，有误导、欺诈成分；

⑤泄露在任职期间知悉的有关公司、基金的商业秘密；

⑥为自己或与本人有利害关系的他人买卖股票；

⑦玩忽职守，滥用职权；

⑧越权或违规经营；

⑨以不正当手段谋求业务发展；

⑩其他法律法规和中国证监会禁止的行为。

复习思考题

1. 英、美、日各国基金监管体制有何不同？
2. 我国证券投资基金监管的法律法规体系是怎样构成的？
3. 对基金管理人的托管人的监管内容包括哪些内容？
4. 对基金高级管理人员的监管包括哪些内容？
5. 行业协会在投资基金的监管中起到什么作用？
6. 对基金的销售和运作监管包括哪些内容？
7. 我国的基金监管制度还存在哪些不足？应如何改进？

第七章　证券投资基金的经营与管理

第一节　证券投资基金的费用

一般来说，基金的费用包括三类：一是在基金的设立、销售和赎回时的费用，该部分费用由投资者直接承担；二是基金在运作过程中的管理费用；三是基金在买卖证券时的交易费用，后两类费用都是由基金支付，投资者间接负担。

一、基金管理费

基金管理费是指从基金资产中提取的、支付给为基金提供专业化服务的基金管理人的费用，也就是管理人为管理和操作基金而收取的费用。这笔费用用于基金管理公司在该年度的各种必要的开支，包括有关登记及秘书工作的费用。基金管理费通常按照每个估值日基金净资产的一定比例（年率），逐日计算，按月支付。费率的大小通常与基金规模成反比，与风险成正比。基金规模越大，风险越小，管理费率就越低；反之，则越高。不同的国家及不同种类的基金，管理费率不完全相同。在美国，各种基金的年管理费通常占基金资产净值的1%左右。目前在我国，基金的年管理费率为基金资产净值的1.25%~1.5%，基金管理费率由基金管理人确定，不同的基金有不同的收费标准，但均会在基金招募说明书中予以公布。而在各种基金中，货币基金的年管理费率为最低，约为基金资产净值的0.25%~1%；其次为债券基金，约为0.5%~1.5%；股票基金居中，约为1%~1.5%；认股权证基金约为1.5%~2.5%。管理费通常从基金的股息、利息收益中或从基金资产中扣除，不另向投资者收取。有的基金也准许预提一部分管理费。

二、基金托管费

基金托管费是指基金托管人为保管和处理基金资产而向基金收取的费用。托管费通常按照基金资产净值的一定比例提取，逐日计算并累计，按月支付给托管人。托管费从基金资产中提取。费率也会因基金种类不同而异，基金托管费的收取与基金规模和所在地区有一定关系。通常基金规模越大，基金托管费率越低。基金业越发达的地区，基金托管费率也越低，新兴市场国家和地区的基金托管费率相对较高。例如：中国香港怡富东方小型企业信托基金的年托管费率为0.20%；香港渣打世界投资基金支付的托管年费分得更细，股票基金为基金资产净值的0.25%，债券基金为基金资产净值的0.125%。我国证券投资基金的年托管费率为基金资产净值的0.25%。

三、基金运作费用

基金运作费用包括支付注册会计师费、律师费、召开年会费用、中期和年度报告的印刷制作费以及买卖有价证券的手续费等。这些开销和费用是作为基金的营运成本支出的。基金运作费用占资产净值的比率较小，通常要在基金契约中事先确定，并按有关规定支付。

一个基金运作是否有效率，主要看其运作费用是否偏高。如果运作费用较高，投资者的投资成本就高；反之，则较低。运作费用比率高低与基金规模有关，一般情况下，基金规模越大，运作费用比率越低。另外，表现不好的基金，运作费用比率也比较高。所以，运作费用高低是投资者衡量基金效率及表现的指标之一。

运作费用比率的高低也与基金规定的最低投资额的高低有关，如果最低投资额定得太低，运作费用比率就会相应提高。此外，新设立的基金和投资于多国证券市场的国际基金，其运作费用比率也较高。

四、基金交易费用

证券投资基金在进行投资时，不断地买卖证券，调整基金的投资组合，因此，它必须支付证券交易手续费。这部分费用与基金在投资管理时的周转率有关，周转率越高，交易费用就越高。

五、对基金管理费用提取方式的分析

基金管理费用的提取应当有助于建立起一个针对基金管理人的有效的“激励—约束”机制。所谓的激励就是指促使基金管理人为了获得更多的管理费收入而不断努力改善投资管理业绩，从而为基金投资者带来良好业绩。所谓的约束就是指管理费的提取方式和原则使得基金管理人不可能运用其投资管理上的自由度和信息等方面的优势，通过损害基金投资者的利益获取更多的管理费收入。由于投资者根据自身的风险承受能力、预期收益以及基金在招募文件中所载明的风险收益关系选择不同类型的基金，所以，基金费用的提取原则应当能够避免基金管理人为了追求高额管理费用，从而使基金投资组合的风险收益关系偏离（超过或低于）基金招募文件中事先明确的范围。因此，在通常情况下，不同类型的基金可以按照不同的标准提取管理费用，以便在激励基金管理人的同时，尽量减少基金管理人损害投资者利益的行为。例如，对稳健成长型基金的投资者来说，希望能获取长期稳定的资产增值，在这种情况下基金净资产值成为衡量基金管理业绩的主要指标，所以基金管理费用的提取应当主要与基金的净资产联系。否则，如果与基金的净收益挂钩，基金管理人可能会

因为追求短期的高额资本利得，将大量资金投向价格波动幅度较大的证券品种，使基金投资组合的风险超过投资者所能承受的范围。反之，对于像对冲基金这类高风险基金而言，风险承受能力较强，投资者的直接目的是获取高风险报酬，在这种情况下基金管理费用的提取应当主要与基金的净收益挂钩。假如与基金净资产挂钩，基金管理人为了获取稳定的管理费用，在管理资产的时候可能会过于保守，基金的投资组合过于稳健，风险程度低于事先规定的水平（低风险并不一定是件好事），投资者不能获取预期的高风险报酬。

不过需要强调的是，无论是按基金净资产还是按基金净收益提取基金管理费用，费用提取的参照物本身都不能是可以被操纵的。

第二节　证券投资基金的税收

基金通过证券投资获得收益，并将基金的收益分配给基金持有者。从税收的一般原理来说，基金作为产生利润的机构，应当缴纳所得税，基金持有人通过收益分配获得基金的投资利润，也应当缴纳个人所得税。但是，基金投资有其特殊性，无论是基金本身还是基金持有人，收入的来源都是基金资产，基金只是一种集合投资的方式。若对基金本身征税的话，势必会造成对基金持有人的双重税收。所以，各个国家和地区一般都对基金在符合一定条件的情况下免税，而对基金持有人通过基金分配获得的收入和通过基金买卖获得的收入依法征税。至于基金的其他当事人，如基金管理公司、基金托管人、投资顾问公司，它们从基金提取的费用构成它们作为法人机构的营业收入，所以必须缴纳营业税和所得税。我们下面介绍美国、日本和中国的基金税收政策。

一、美国的基金税收政策

1. 共同基金的纳税

在美国，投资收益指基金持有的所有证券的利息和股利，减去操作费用，但是不包括资本利得。按照美国税法的规定，共同基金作为一个公司或信托企业，从其持有的证券获得的现金收益需要纳税，但是在共同基金符合税法中的M条款时，可免征投资收益税。M条款的要求是：①共同基金90%以上的总收入来自股息、利息和证券买卖所得；②来自3个月以内的证券买卖收入不得高于70%；③至少有50%的资产是现金、政府证券和多样化证券；④至少应当将90%以上的投资收益分配给投资者。如果共同基金符合上述条件，纳税的投资收益仅以未分配给投资者的留存部分计算并缴纳税收。如果将投资收益全部分配给基金持有人，共同基金将不用缴纳投资收益税。

2. 基金持有人的纳税

基金持有人从基金分配获得的利息、股利等投资收益必须缴纳个人所得税，而对于共同基金通过证券投资获得的资本利得，无论是分配给基金持有人还是留存下来进行再投资，都必须申报缴纳所得税。

一旦投资者决定卖出其所持有的基金单位，他须在确定其成本的基础上来计算税负。成本基础指已纳税的投资金额，当投资者卖出基金单位时，成本基础代表不再用纳税的资本回报，它包括已缴纳的销售费用、任何再投资的投资收益和资本利得。当前基金的总价值和成本基础的差额就是投资者应纳税的资本利得。在计算成本基础时有两种方法可以采用，先进先出法（FIFO）和个别辨认法。

二、日本的基金税收政策

与其他国家有所区别的是，按照日本的税法，基金管理公司运用基金资产取得收益，只要依照规定办理，它就不被视为法人，不必缴纳所得税。

对基金投资者的课税，不同类型的基金有不同的处理方式，股票基金分配的利润被看做是股利收入，而债券基金分配的利润被看做是利息收入，课税标准不一样。同时，个人和法人作为基金的投资者的课税标准也有一定的差异。按照1986年年底的日本特别税法，基金投资者的课税规定大致如下：

（1）当基金的受益人为法人时，对从基金投资中获得的分配利润须缴纳20%的所得税，但可依照持有基金受益凭证时间按比率从法人税中扣除；对买卖转让基金受益凭证的利润也应当缴纳20%的所得税，同时还须缴纳0.55%（股票基金）或0.45%（债券基金）的证券交易税。

（2）当受益人为个人时，从基金分配获得的利润须缴纳35%的所得税，但是买卖转让基金受益凭证的利润不须缴纳所得税，但须缴纳0.55%（股票基金）或0.45%（债券基金）的证券交易税。

（3）投资者可以享受小额储蓄的免税制度，若投资股票基金在300万元以下者，其收益可免税；若投资于债券基金，其投资额连同其他储蓄面额少于300万元者，可以免税。

三、中国的基金税收政策

1. 中国台湾地区的基金税收政策

根据我国台湾地区的规定，基金的受益人无论是个人还是法人，从基金获得的股利收入和利息都有一定额度的免税优惠，超过限额后，必须缴纳所得税。所得税以基金为单位代为扣缴，基金受益人凭借扣缴凭单办理纳税申报，并用以抵缴应交税款或退税。基金持有人转让受益凭证所得的税负，应当按照证券交易所得税的处理办法进行。但是，当基金持有人申请赎回基金并注销其受益凭证时，不须缴纳证券交易税。同时，当基金解散时分配给基金持有人的剩余财产，对内含的免征证券交易税的所得，仍然免征证券交易税。

2. 中国内地对证券投资基金的税收规定

有关基金的税收涉及的税种主要有营业税、所得税和印花税。针对不同的当事人的不同税种的征收规定有所不同。我国有关基金税收的法规主要由财政部、国家税务总局下发。1998 年 3 月 1 日起实施的《关于证券投资基金税收问题的通知》（以下简称《税收通知》）对封闭式证券投资基金的税收问题作出了明确规定。另外，在《中华人民共和国企业所得税法》、《中华人民共和国个人所得税法》以及国家税务总局发布的《征收个人所得税若干问题的规定》中也有相关规定。

（1）对基金的税收

我国对基金的税收规定如下：

①暂免征收营业税。

由于基金主要从事证券投资，其营业额应定义为证券的卖出价减去买入价的余额，而基金的交易额、发行募集额不是应税税基。现阶段对基金的运营免征营业税。《税收通知》规定：以发行基金方式募集资金不属于营业税的征税范围，不征收营业税；基金管理人运用基金买卖股票、债券的差价收入，在 2003 年年底以前暂免征收营业税。

②免征所得税。

《税收通知》规定，对基金从证券市场中取得的收入，包括买卖股票、债券的差价收入，股票的股息、红利收入，债券的利息收入及其他收入，暂不征收企业所得税。

③缴纳印花税。

基金在我国境内进行证券（股票）交易须缴纳印花税，自 2008 年 4 月 24 日起，股票交易印花税税率调整为 1‰。

（2）对基金投资人的税收

基金投资人是指买卖、持有基金单位的个人或企业（企业又分为金融机构和非金融机构）。投资人的性质不同，所适用的税收不同。

①营业税。

《税收通知》规定，对于金融机构（包括银行和非银行金融机构）买卖基金的差价收入征收营业税；个人和非金融机构买卖基金单位的差价收入不征收营业税。

②印花税。

目前对个人和企业投资者买卖基金单位免征印花税。

③所得税。

我国对基金不征收所得税，但要对基金投资人的投资所得征收所得税。投资所得包括两个部分：一是投资者买卖基金获得的差价收益；二是基金分配给投资者的收益分配（我国规定，基金收益分配只能采取现金形式）。基金收益的来源主要有：基金持有的股票派发的股息、红利，企业债券的利息收入，国债利息，储蓄存款利息以及买卖股票、企业债券获得的差价收入。按照《税收通知》的规定，对不同性质的基金投资者（个人和企业投资者）获得的不同类别的投资所得，采取不同的所得税征收政策。现归纳总结如下：

A. 对个人投资者买卖基金单位获得的差价收入，在对个人买卖股票的差价收入未恢复征收个人所得税以前，暂不征收个人所得税；对企业投资者买卖基金单位获得的差价收入，应并入企业的应纳税所得额，征收企业所得税。

B. 对投资者从基金分配中获得的股票的股息、红利收入以及企业债券的利息收入，由上市公司和发行债券的企业在向基金派发股息、红利、利息时代扣代缴20%的个人所得税。基金向个人投资者分配股息、红利、利息时，不再代扣代缴个人所得税。

C. 对投资者从基金分配中获得的国债利息、储蓄存款利息以及买卖股票差价收入，在国债利息收入、个人储蓄存款利息收入以及个人买卖股票差价收入未恢复征收所得税以前，暂不征收所得税。由于目前已对储蓄存款利息征税，因此储蓄存款利息税应由基金代扣代缴。

D. 对个人投资者从基金分配中获得的企业债券差价收入，应按税法规定对个人投资者征收个人所得税，税款由基金在分配时依法代扣代缴；对企业投资者从基金分配中获得的债券差价收入，暂不征收企业所得税。

（3）对基金管理公司、基金托管人的税收

《证券投资基金管理暂行办法》规定：基金托管人、基金管理人应当执行国家的财务会计制度，依法纳税。《税收通知》规定：对基金管理人、基金托管人从事基金管理活动取得的收入，依照税法的规定征收营业税、企业所得税以及其他相关税收。

①营业税。

管理公司和托管人的营业税应按金融保险业税目缴纳营业税，按照1997年2月19日国务院发布的《关于调整金融保险业税收政策有关问题的通知》的规定，从1997年1月1日起，将金融保险业营业税税率由5%提高到8%。

应纳营业税额 = 营业额 × 8%

式中，营业额应为提供应税劳务向对方收取的全部价款和价外费用。全部价款可理解为管理费、托管费等费用。价外费用包括各种性质的价外收费。

②企业所得税。

中华人民共和国境内的基金管理公司、基金托管公司、基金承销公司应当就其经营所得和其他所得依法缴纳企业所得税。现行所得税税率为25%。

③其他相关税收。

基金管理公司和托管人应缴纳的其他相关税收较多，和一般的企业基本相同，主要税种有城市维护建设税、房产税、车船税、城镇土地使用税、固定资产投资方向调节税、土地增值税以及教育费附加等。

基金承销人的税收和基金管理公司、基金托管人的情况相类似。

第三节　证券投资基金的收益分配

基金管理人运用基金资产投资证券市场，基金持有人则通过基金收益的分配享有投资收益。一般来说，基金管理人的收入和利益是同基金的净资产挂钩的，所以，在某种意义上基金管理人和基金持有人的利益在收益分配问题上是有冲突的。为了保护投资者的利益，各国对基金的收益分配政策都有相关的规定。

一、基金收益的构成

基金的收益一般是由利息收入、股息收入和资本利得三部分收入构成。

1. 利息收入

证券投资基金的一部分资产会投资在国债和企业债券上，这些债券一般都会定期发放利息。同时，基金出于资产流动性的需要会保留一定比例的现金，这些现金存放在银行，也会获得利息收入。

2. 股息收入

上市公司视其经营状况的好坏会定期进行利润分配，分配的形式可以是分派现金红利，也可以是发放股票红利。基金投资在股票市场时，作为上市公司的股东便会获得股息收入。

3. 资本利得

资本利得是指基金通过买卖证券价格的变化所产生的收入或损失。资本利得可以分为已实现资本利得和未实现资本利得，已实现资本利得是指基金因卖出证券而获得的买卖差价，而未实现资本利得是指基金因所持有的证券价格的变化而获得的资产升值。

基金的收入减去应扣除的费用后构成基金的净收益，也就是可供基金持有人分配的收益。

二、基金收益分配的内容和原则

基金收益分配方案应当对以下方面进行规定：

1. 收益分配的项目

在基金已经实现的收益中，哪些部分是应分配收益，哪些部分不应分配，分配的比例是多少？

2. 收益分配的时间

基金的收益多长时间分配一次，具体的派发时间期限如何？

3. 收益分配的方式

基金收益是采取现金的形式，还是以送基金单位的形式，或者采取再投资的形式分配？

基金收益分配的规定是和各国基金收益税收政策密切相关的。由于个人的利息收入、股息收入和资本利得在税负上的处理是不一样的，所以大多数国家在对基金收益分配进行规定时，会按照收益来源规定不同的分配比例。同时，基金的收益分配与基金的类别也有一定关系。收入型基金注重获得即期的收入，分配的比例较高，并以现金形式为主，而成长型基金侧重于基金资产的长期增值，因而分配比例相对较低。

三、其他国家和中国台湾地区的基金收益分配政策

1. 美国对基金收益分配的规定

美国的法律规定，基金必须将利息收入和股息收入的95%以上分配给投资者，一般是每季度发放一次；基金的资本利得部分可以分配给投资者，也可以留在基金内继续投资。收益以现金形式分派，但投资者可以选择自动再投资。

2. 日本对基金收益分配的规定

在日本，基金的收益要进行必要的扣除才能分配，这些扣除部分包括：

（1）期末结算时应对股票重新估价，如果有账面亏损，应在收益中进行扣除；

（2）扣除股价变动准备金。

剩余收益原则上每年分配一次，所有的股利和利息要求全部分配，对于资本利得部分，在弥补上期亏损后，剩余部分的10%分配给投资者，对累计未分配的资本利得在基金运作期满后，再一并分配。

3. 中国台湾地区对基金收益分配的规定

在中国台湾地区，基金的分配一般每年一次，在会计年度结束后的3个月之内进行。利息和股利全部分配，已经实现的资本利得也可以分配。分配采用现金方式，投资者可以将分配的收益再投资。

四、我国（除台湾地区外）的基金收益分配

1. 收益分配原则

在我国，基金收益分配遵循以下原则：①基金收益分配比例不得低于基金净收益的90%；②基金当年收益应先弥补上一年度亏损，然后才可进行当年收益分配；③若基金投资的当年发生亏损，则不进行收益分配；④每一基金单位享有同等分配权；⑤基金收益分配每年至少一次，成立不满3个月，收益不分配；⑥基金收益分配后每基金单位净值不能低于面值。

2. 收益分配方式

基金收益分配一般有以下三种方式：①现金分红。这是基金收益分配最普遍的形式。②分配基金单位。将应分配的净收益折为等额的新的基金单位送给投资者。这种分配形式类似于通常所言的“送股”，实际上是增加了基金的资本总额和规模。③分红再投资。基金收益分配在保证最低派送现金比例后，剩余部分可由基金持有人自主选择以现金或基金单位的方式派送。

复习思考题

1. 投资基金费用的组成是什么？
2. 基金的管理费和托管费如何提取？
3. 基金运作费用的构成是什么？
4. 讨论基金管理费用的提取与基金管理人的激励之间的关系。
5. 各国对基金的税收政策有什么不同？
6. 我国对基金的税收政策是如何规定的？
7. 基金收益分配的内容和原则是什么？
8. 我国基金收益分配的原则是什么？
9. 我国基金收益分配的方式有哪些？
10. 基金收益分配方式的选择对投资者的影响有哪些？

第八章 证券投资基金的投资组合管理

投资组合是指投资主体持有的多种金融产品的集合。在实际金融产品投资活动中，无论是普通投资者还是大型的机构投资者，都会有意识或无意地将资金投资在不同的金融产品种类上（如同时投资于股票市场和债券市场），或者将投资分散在同一类型金融产品的不同品种上（如同时投资于不同的股票），构成自己的投资组合。但是，我们所指的投资组合管理是指投资者按照对不同证券品种的特性（主要指风险和收益率）的分析和自身的风险—收益偏好，有意识地将资金按不同比例分配在不同的证券上，构造符合预定投资目标的证券组合，并按照市场情况的变化对投资组合进行评估和修改的行为。它包含两个层次的内容，第一个层次是构造的投资组合应当达到什么目标，即投资组合管理的基本策略；第二个层次是如何构造符合需要的投资组合。

证券投资基金的主要投资范围是股票和债券，我们下面将结合我国的实际情况讨论作为一个基金管理人，应当如何去运用基金资产投资股票和债券，为基金持有人获得较好的投资回报。

第一节 现代资产组合理论概述

一、现代投资理论的产生和发展

在现代金融理论部分，我们必须要回顾的是有效市场理论以及以后发展而来的资产组合理论、CAPM 理论等。

1900 年，路易·巴舍利耶最先用统计方法分析股票、债券、期货和期权。从 20 世纪 40 年代末起，统计分析用于股票市场开始受到重视。1964 年，库特纳（Cootner）在他的经典文集《股票市场价格的随机性》里收集了一批成为市场有效理论基础的文章，为 1965 年法玛形式化的市场有效理论思想奠定了理论基础。书中包含了奥斯本形式化的关于股票价格遵循随机游走的主张。奥斯本提出了一系列有关投资者对于价值看法的假定。法玛于 1965 年建构并形成了有效市场假说，主张信息不能被用来在市场上获利，并且有效市场的概念被用来攻击基本分析和技术分析。法玛在 1970 年进一步细分了三种效率市场：

（1）弱有效型（weak-form efficiency），即市场能够有效利用的信息是金融资产价格的所有历史变动；

（2）半强有效型（semi-strong-form efficiency），即市场能够有效利用的信息包括和金融资产有关的所有公司信息，不仅仅限于价格信息，还包括股息支付的历史情况、债券的信用等级及其变化，以及有关报刊最近对某公司的评价等；

（3）强有效型（strong-form efficiency），即市场能够有效利用的信息包括了所谓内部信息。

法玛的这个贡献是现代金融理论一个重要的里程碑，从此有效市场假说成为现代金融理论的主流，人们以此为基础发展了较为成熟的资产定价、风险管理技术。

一般认为，金融理论起始于20世纪50年代初马柯维茨（H. Markowitz）提出的投资组合理论。他把可能收益率的分布，以其方差为度量，用以度量资产组合的风险。方差离散程度越大，标准差也就越高，意味着股票的风险越大。在此基础上，夏普（Sharpe，1964）、利特纳（Litner，1965）和莫辛（Mossin，1966）将EMH和马柯维茨的资产组合理论结合起来，以资本资产定价模型命名，建立了一个以一般均衡框架中的理性预期为基础的投资者行为模型CAPM。投资者有着同质的收益率预期，以相同的方式解读信息，而风险再次定义为收益率的标准差，投资者因而在奥斯本和马柯维茨意义上是理性的。以此为前提，CAPM就投资者行为得出一系列结论：第一，对于所有投资者，最优资产组合都是市场资产组合，投资者不会为承担非市场风险得到补偿，因为最优资产组合是沿着资本市场线进行的。第二，高风险的资产应为高收益率的补偿，由于风险现在已与市场资产组合相联系，所以可以使用证券风险对于市场风险的敏感性的线性度量，即贝塔（β），把所有的风险资产按它们的贝塔与期望收益率标识出来，将得到一条截Y轴无风险利率并经过市场资产组合的证券市场线，投资者的最优投资决策沿该线进行。马柯维茨的资产组合理论解释了为什么多样化可以降低风险，而CAPM解释了理性投资者将如何行动，从而使该理论保持了有关投资者行为模型的标准地位。

1976年，针对CAPM模型所存在的不可检验性问题，罗斯提出了一种可替代性资本资产定价模型，即套利定价模型（APT模型）。APT模型直接导致了多因素投资组合方法的广泛应用。

二、资产组合理论

1. 理论假设

投资组合理论假设投资者以期望收益率和方差评价单个证券或组合的收益和风险。同时投资者是风险厌恶者，即在期望收益率相同的情况下，投资者会选择波动性较小也就是风险较小的组合。

2. 组合收益率和方差的计算

期望收益率：

$$E(r_p) = w_1E(r_1) + w_2E(r_2) + \cdots + w_nE(r_n)$$

组合的方差：

$$\sigma_p^2 = \sum_{i=1}^{n} w_i^2\sigma_i^2 + 2\sum_{i<j}\sum_{j=1}^{n} w_i w_j \rho_{ij}\sigma_i\sigma_j$$

$$= \sum_{i=1}^{n} w_i^2\sigma_i^2 + 2\sum_{i<j}\sum_{j=1}^{n} w_i w_j \sigma_{ij}$$

式中：

ρ_{ij}——资产 i 与资产 j 的收益率之间的相关系数；

σ_{ij}——协方差。

在组合收益率不变的情况下，相关系数越小组合方差越小。由相关性较低（或不相关甚至负相关）的资产构成的组合具有较小的组合风险。投资者可以通过选择相关性较低（最好是不相关甚至负相关）的两项资产来降低组合风险。投资实践中可以选择不同行业类型的股票、不同市场中的股票、不同种类的资产等。

3. 可行区域和可行集

可行区域指由所有可行证券组合的期望收益率与标准差在坐标平面中形成的区域。

可行区域的形状：包含两项资产的组合的可行集是平面区域中的一条曲线（或直线）。包含多项资产的组合的可行集是标准差—期望收益率坐标系中的一个平面区域，可行区域的左边界是向左上方凸的（见图 8—1），不会出现凹陷。可行区域的左上边界被称为有效边界，只有这一边界上的点（代表一个资产组合）是有效的。有效边界上的点所代表的资产组合被称为有效组合。

4. 存在无风险资产时的有效边界

所谓的无风险资产，是指投资于该资产的收益率是确定的、没有风险的。通常，我们认为国债或银行定期存款没有信用风险。既然无风险资产的收益率是确定的，因此其收益率的标准差为零。由此可以推出，一项无风险资产的收益率与一项风险资产的收益率之间的协方差为零。由于无风险资产的收益率是确定的，与任何风险资产的收益率无关，因此它们之间的相关系数为零。当投资者投资于无风险资产时，从无风险资产出发可以找到一条与原有有效边界相切的直线。由于所有的由风险资产构成的组合以及它们与无风险资产的组合都位于该直线的下方，因此由切点组合 M 与无风险资产所形成的直线就成为新的有效边界（见图 8—2）。

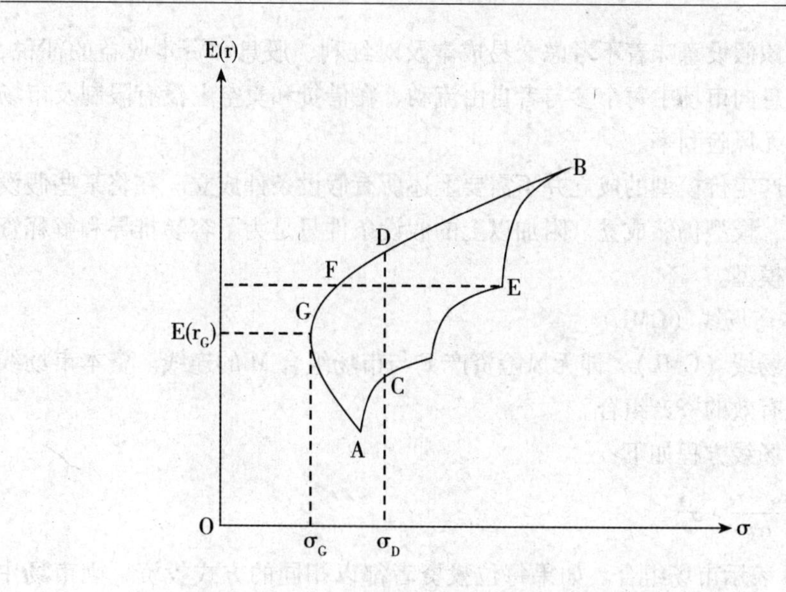

图 8—1　多项资产组合的可行区域和有效边界

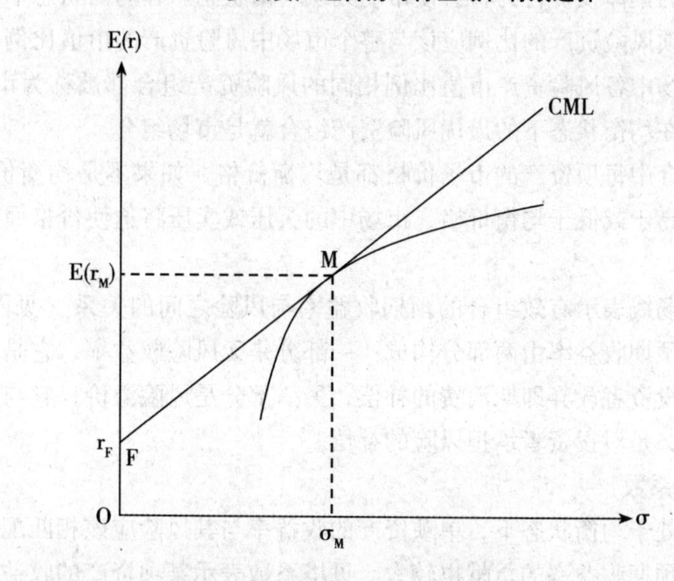

图 8—2　资本市场线

三、资本资产定价理论（CAPM）

1. 模型的假设条件

（1）所有的投资者均依据预期收益率与标准差选择资产组合。

（2）所有的投资者对各项资产的预期收益率、标准差及资产收益率间的相关性有相同的预期。

（3）市场中没有摩擦。所谓摩擦是指对整个市场中资本和信息的自由流通的阻碍。该假设意味着不考虑交易成本及对红利、股息和资本收益的征税，并且假定信息向市场中每个参与者自由流动、在借贷和卖空上没有限制及市场上只有一个无风险利率。

资本资产定价模型的成立并不需要上述所有假设条件成立。在将某些假设条件去掉后，模型仍然成立。附加以上的假设条件只是为了容易推导和解释资本资产定价模型。

2. 资本市场线（CML）

资本市场线（CML），即无风险资产 F 与市场组合 M 的连线。资本市场线上的点代表有效的资产组合。

资本市场线方程如下：

$$r_P = r_F + \frac{r_M - r_F}{\sigma_M} \cdot \sigma_P$$

其中 M 表示市场组合。如果每位投资者都以相同的方式投资，则市场中所有投资者的集体投资行为将会使市场处于均衡状态。在均衡状态下，切点组合中所含各项风险资产的比例应该与整个市场中风险资产的市值比例一致。任何一个与市场中各风险资产市值比例相同的风险资产组合都被称为市场组合。换句话说，在均衡状态下的最优风险资产组合就是市场组合。

市场组合中每项资产的市场价格都是均衡价格。如果不是均衡价格的话，价格可能是高于或低于均衡价格，市场中的买压或卖压将迫使价格回到其均衡水平。

资本市场线表示有效组合的预期收益率与风险之间的关系（见图 8—2）。有效组合的预期收益率由两部分构成：一部分是无风险收益率，它是由时间创造的，是对投资者放弃即期消费的补偿；另一部分是风险溢价，它与承担风险大小成正比，是对投资者承担风险的补偿。

3. 贝塔系数

在市场处于均衡状态下，单项资产的收益率与其风险应该相匹配，风险较大的资产对预期收益率的贡献也较大。贝塔系数表示某项资产的收益率对市场收益率的敏感性和反映程度，用于测量某项资产风险相对于市场风险的比率，其计算公式如下：

$$\beta_i = \frac{\sigma_{iM}}{\sigma_M^2}$$

β 系数大于 1 的股票，市场上升时其升幅较大，称为攻击型股票。β 系数小于 1 的股票，市场下降时其跌幅较小，称为防御型股票。β 系数等于 1 的股票，与市场波动一致，适于指数型基金的选择。

4. 证券市场线（SML）

证券市场线用贝塔值作为风险衡量指标建立了如下关系：

$r_i = r_F + \beta_i\ (r_M - r_F)$

证券市场线表明在市场处于均衡条件下，单项资产或某资产组合的预期收益率与其对市场组合方差的贡献率（即β值）之间存在线性关系。

资本市场线和证券市场线之间有以下关系：

(1) 描述对象不同。CML描述的是有效组合的收益与风险之间的关系；SML描述的是单项资产或某个资产组合的收益与风险之间的关系，既包括有效组合又包括非有效组合。

(2) 风险指标不同。CML中采用标准差作为风险度量指标，是有效组合收益率的标准差；SML中采用β系数作为风险度量指标，是单项资产或某个资产组合的β系数。因此，对于有效组合，可以用两种指标来度量其风险；而对于非有效组合，只能用β系数来度量其风险，标准差可能是一种错误度量。

第二节　证券投资基金的投资限制

本节的论述主要依据《证券投资基金运作管理办法》的规定。

基金在成立后，基金的投资决策和投资方案等都是由基金管理人作出，基金的持有人处于相对较弱的地位。为了保护基金持有人的利益，保证基金资产的安全性和流动性，基金的监管部门对证券投资基金的投资作出了种种限制，这些限制是基金管理人进行投资管理活动的基本前提。

一、投资范围的限制

证券投资基金的主要投资对象应当是股票和债券。为了保证基金资产的高度流动性，基金管理人不得将基金资产投向流动性差的投资领域，如房地产。同时，为了降低基金投资风险，保证基金资产的安全，基金管理人也不得将基金资产投向高风险的投资品种，或从事使基金承担高风险的业务活动。按照《证券投资基金运作管理办法》的规定，我国证券投资基金的投资范围必须符合以下要求：

(1) 1个基金投资于股票和债券的比例，不得低于该基金资产总值的80%；

(2) 1个基金投资于国家债券的比例，不得低于基金资产净值的20%；

(3) 基金之间不得相互投资；

(4) 不得将基金资产用于抵押、担保、资金拆借或者贷款；

（5）不得以基金资产用于房地产投资；

（6）不得将基金资产投资于与基金托管人或基金管理人有利害关系的公司发行的证券；

（7）不得从事证券信用交易；

（8）不得从事可能使基金资产承担无限责任的投资；

（9）中国证监会规定禁止从事的其他行为。

在中国证监会1998年8月发布的《关于加强证券投资基金监管有关问题的通知》中，规定了证券投资基金的基金管理人不得运用基金资产进行内幕交易和操纵市场，不得通过关联交易损害基金持有人的利益；严禁运用基金资产配合管理公司的发起人、所管理基金的发起人及其他任何机构的证券投资业务；严禁故意维持或抬高管理公司发起人、所管理基金的发起人及其他任何机构所承销股票的价格。

二、投资数量的限制

分散投资能够降低投资风险。为了避免基金管理人将基金资产投资过于集中的风险，各国都要求基金在投资时遵循分散化投资的原则。在我国，对基金投资分散化的要求体现在《证券投资基金运作管理办法》中两个10%的规定上：

（1）1个基金持有1家上市公司的股票，不得超过该基金资产净值的10%；

（2）同一基金管理人管理的全部基金持有1家公司发行的证券，不得超过该证券的10%。

三、证券投资基金投资股指期货的限制

鉴于股指期货的高风险性，中国证监会根据《证券投资基金法》、《证券投资基金运作管理办法》等法律法规，制定证券投资基金参与股指期货交易指引。该指引规定：股票型基金、混合型基金及保本基金可以按照本指引参与股指期货交易，债券型基金、货币市场基金不得参与股指期货交易。基金参与股指期货交易，除中国证监会另有规定或批准的特殊基金品种外，应当遵守下列要求：

（1）基金在任何交易日日终，持有的买入股指期货合约价值，不得超过基金资产净值的10%。

（2）开放式基金在任何交易日日终，持有的买入期货合约价值与有价证券市值之和，不得超过基金资产净值的95%。封闭式基金、开放式指数基金（不含增强型）、交易型开放式指数基金（ETF）在任何交易日日终，持有的买入期货合约价值与有价证券市值之和，不得超过基金资产净值的100%。

（3）基金在任何交易日日终，持有的卖出期货合约价值不得超过基金持有的股票总市值的20%。基金管理公司应当按照中国金融期货交易所要求的内容、格式与时限向交易所报告所交易和持有的卖出期货合约情况、交易目的及对应的证券资产情况等。

（4）基金所持有的股票市值和买入、卖出股指期货合约价值，合计（轧差计算）应当符合基金合同关于股票投资比例的有关约定。

（5）基金在任何交易日内交易（不包括平仓）的股指期货合约的成交金额不得超过上一交易日基金资产净值的20%。

（6）开放式基金（不含ETF）每个交易日日终在扣除股指期货合约需缴纳的交易保证金后，应当保持不低于基金资产净值5%的现金或到期日在一年以内的政府债券。

（7）封闭式基金、ETF每个交易日日终在扣除股指期货合约需缴纳的交易保证金后，应当保持不低于交易保证金1倍的现金。

（8）保本基金参与股指期货交易不受上述第（1）项至第（7）项的限制，但应当符合基金合同约定的保本策略和投资目标，且每日所持期货合约及有价证券的最大可能损失不得超过基金净资产扣除用于保本部分资产后的余额。担保机构应当充分了解保本基金的股指期货交易策略和可能损失，并在担保协议中作出专门说明。

因证券期货市场波动、基金规模变动等基金管理人之外的因素致使基金投资比例不符合上述要求的，基金管理人应当在10个交易日之内调整完毕。

第三节　证券投资基金的股票投资组合管理

在我国，证券投资基金的主要投资范围是上市股票，股票投资组合的管理在基金的投资组合管理中占有举足轻重的地位。下面我们讨论股票投资组合管理的一般原则和方法，并分析在我国目前市场条件下，基金管理人可以采取的股票组合管理方案。

一、组合投资的目的：分散风险

股票与其他任何金融产品一样，都是有风险的。所谓风险就是指预期投资收益的不确定性，我们一般用股票投资收益的方差或者股票的β值来衡量一只股票或股票组合的风险。我们可以通过组合投资分散投资风险。组合的方差是由组合中各股票的方差和股票之间的协方差两部分组成的。组合的期望收益是各股票的期望收益率的加权平均，而除去各股票完全正相关的情况下，组合资产的标准差将小于各股票的标准差的加权平均。当组合中的股票数目N增加时，单只股票的投资比例减少，方差项对组合资产风险的影响下降。当N趋向无穷大时，方差项将趋近0，组合资产的风险仅由各股票之间的协方差所决定。也就是说，通过组合投资，能够减少直至消除各股票自身特征所产生的风险（非系统性风险），而只承担影响所有股票收益率的因素所产生的风险（系统性风险）。

为了避免基金资产过分集中的风险，《证券投资基金管理暂行办法》第三十三条也对基金的投资作出了具体的要求："1个基金持有1家上市公司的股票，不得超过该基金资产净值的10%；同一基金管理人管理的全部基金持有1家公司发行的证券，不得超过该证券的10%。"所以，无论是从控制投资风险的角度还是从法律的规定而言，基金管理人在管理基金资产的时候，必须分散投资，遵循组合投资的原则，将收益风险水平控制在一定的范围内。

二、股票投资组合管理的基本策略：消极式管理和积极式管理

基金管理人在进行股票组合投资时，首先应当决定投资的基本策略，即如何选取构成组合的股票，而基本策略主要是建立在基金管理人对股票市场有效性的认识上。

市场有效性就是股票的市场价格反映影响股票价格信息的充分程度。如果股票的价格反映了影响价格的全部信息，我们就称股票市场是有效的市场，否则称股票市场是无效的市场。基金管理人按照自身对股票市场有效性的看法采取不同的股票投资策略：消极式管理和积极式管理。

（1）消极式管理是有效市场条件下的最佳选择

如果股票市场是一个有效的市场，股票的价格反映了影响它的所有信息，那么股票市场上不存在"价值低估"或"价值高估"的股票，因此投资者不可能通过寻找"错误定价"的股票获取超出市场平均的收益水平。在这种情况下，基金管理人不应当尝试获得超出市场的投资回报，而是努力获得与大盘同样的收益水平，减少交易成本，这就是通常所说的消极式投资管理策略。

（2）积极式管理的目标：超越大盘

如果股票市场并不是有效的市场，股票的价格不能完全反映影响价格的信息，那么市场中存在错误定价的股票。在无效的市场条件下，基金管理人有可能通过对股票的分析和良好的判断力，以及信息方面的优势，识别出错误定价的股票，通过买入"价值低估"的股票、卖出"价值高估"的股票，获取超出市场平均水平的收益率，或者在获得同等收益的情况下承担较低的风险水平。因此基金管理人应当采取积极式管理策略，通过挑选价值低估股票超越大盘。

(3) 我国市场条件下投资管理策略的选择

虽然我国的股票市场无论是在市场规模还是在规范化方面都有了较大的发展和进步，但是一般认为以下几个主要原因使得目前的股票市场依然不是一个有效的市场。第一，由于在我国小的普通投资者占有很大比例，他们缺乏投资方面的专门技能，所以当上市公司披露有关信息的时候，他们并不能立即对信息进行准确的评估，也就是说，信息并不会迅速在股票价格上反映，会存在滞后效应或者反映过度的现象；第二，由于内幕交易的现象尚不能彻底根除，同时上市公司在信息披露方面依旧有不够规范的地方，所以，投资者可以通过内幕消息（虽然有违背法律的嫌疑）获得超额利润；第三，由于法规和监管方面难以避免的漏洞，有的上市公司在公布财务数据时有掺假现象，并不能真实地反映公司的经营和财务状况，依据对此类公开信息分析而得出的公司价值是有偏差的，股票的市场价格也不能有效地反映上市公司的内在价值。国内一些研究机构对我国股票市场进行的统计分析也证实了目前股票市场的非有效性或弱有效性。

在这种非有效性或弱有效性市场条件下，一个进取和充满自信的基金管理人应当采取积极的投资管理策略，通过对上市公司的分析研究，寻找价值被低估的股票，利用市场的无效战胜市场。

但是，投资策略的选取并不完全取决于市场的有效性，基金管理人的专业技能、挑选股票和不断调整股票所付出的研究和交易成本也是需要考虑的因素。从几家证券投资基金的投资绩效来看，获得超出大盘的表现颇有难度，所以，消极式管理中的指数化策略也不失为基金管理人可以考虑的投资管理方法。

三、指数化策略（Indexing）

按照资本资产定价模型（CAPM），在一个有效的市场中“市场投资组合”（即整个市场）为每单位风险提供了最大的收益，所以基金管理人不试图通过对信息的分析来寻找错误定价的股票，也不去预测整个股票市场的走势并构造投资组合来利用这种走势获得超额回报，而是希望设计一个股票投资组合，该组合的波动能够复制“市场投资组合”的变动，这样，他就能够获得与“市场投资组合”相同的收益率。在实际操作中，一般用股票价格指数来代表“市场投资组合”。所以，基金管理人在实际进行资产管理时，会构造股票投资组合来复制某个选定的股票价格指数的波动，这就是通常所说的指数化策略。

在指数化策略中，具体的股票价格指数的选择因基金契约所规定的投资范围和投资目标的差异而有所不同，如一般的股票投资基金可以选择反映整个股票市场价格变动的综合股价指数，而小型公司投资基金可以选择小型公司股价指数作为参照指标。我国目前的几只证券投资基金在基金契约中并没有指明侧重某一类股票的投资，因此基金管理人可以将反映整个市场走势的综合指数作为参照指标。

复制的投资组合的波动不可能与选定的股票价格指数的波动完全一致。即使在构造的股票组合中包括目标指数的所有成分股，成分股的权数也会因为公司合并、股票拆细和发放股票红利、发行新股和股票回购等原因而变动，而复制的投资组合不能对此自动调整，更不用说复制的投资组合中包含的股票数目少于指数的成分股了。所以，跟踪误差是难以避免的。为了尽量减少跟踪误差，需要对复制的股票组合进行动态的维护，并为此支付相应的交易费用。一般来说，复制的组合包括的股票数越少，跟踪误差越大，调整所花费的交易成本越高，因此基金管理人必须在组合包含的股票数和交易成本之间作出选择。

如果基金管理人希望复制的投资组合的股票数小于目标股票价格指数的成分股数目，他可以使用市值法或分层法来构造具体的投资组合。所谓市值法，即选择指数成分股中市值最大的部分股票，按照其在股价指数中所占比例购买，将剩余资金平均分配在剩下的成分股中。而分层法就是将指数的成分股按照某个因素（如行业、风险水平β值）分类，然后按照各类股票在股价指数中的比例构造投资组合，至于各类中具体股票可以随机或按照其他原则选取。

四、积极式投资组合管理：价值投资原则

1. 价值低估股票的选取

在积极式管理策略中，关键的问题是如何从众多的股票中找出价值被低估的股票。不同的基金管理人挑选股票的标准不尽相同，大体可以分为价值型和成长型。

价值型的基本原则就是寻找便宜的股票。价值型基金管理人一般将目光集中在具有较低的市盈率、低的价格/净资产比率、较低的β值、高的分红派息比率的股票上，希望在买入这类“暂时被低估”的股票后，市场能够发现它们的真正价值，以获取利润。这种投资策略的风险在于市场可能在很长的一段时期内都不能认同基金管理人对该类股票的定价。

成长型的基本原则是寻找预期收益能够高速成长的股票。由于预期收益能够高速成长，这类股票一般都具备高市盈率、高的价格/净资产比率、高的β值和较低的分红比率。但是，如果公司的收益增长未能达到预期的水平，该类股票的价格就会有大幅度下跌的风险。

在此可以提出一个在风险调整的基础上挑选价值低估股票的简单办法。

（1）对上市公司进行基本分析，确定其预期收益率

一般有两种方法来确定需要进一步关注股票的范围。第一种方法是所谓的“自上至下”法，即通过对宏观经济形势的分析和预测，以及对国家产业政策和产业周期因素的研究，挑选在投资期限内有投资价值的行业，然后对该行业中的上市公司的经营状况、财务状况等基本面进行分析，挑选出其中具有投资价值（即目前股价小于内在价值）的股票；第二种方法是“自下至上”法，即只是从上市公司基本分析出发，挑选出具有投资价值的股票，而不太在意公司所属的行业等情况。对以上两种方法确定的股票，都应当根据对其未来价格的预期，得出它在投资期限内的预期收益率。

（2）按照股票的历史收益率数据，求出历史 β 值，并进行必要的调整

在对股票进行分析时，我们不但要分析收益，也要对它的风险水平进行分析。我们一般用 β 值来表示一个股票相对于大盘的风险水平。对按照第一步所确定的预选股票，我们利用它的历史收益率数据和大盘的收益率数据进行线性回归分析，得出其历史的 β 值。其中的历史收益率数据可以选择日收益率、周收益率或月收益率数据，考虑到国内市场上目前存在的一些价格操纵行为，建议选择周收益率数据。对个股的收益率应考虑到分红派息的因素，对大盘的收益率可简单地以股价指数的涨跌来表示。同时，对根据历史数据估算出来的历史 β 值应进行适当的调整，作为未来的 β 值的估计。

（3）根据个股的预期收益率和 β 值，寻找被低估的股票

按照 CAPM，在一个有效的市场上，每只股票的预期收益率是与它的风险水平（即 β 值）相对应的。但是，在市场并不有效的情况下，存在着风险与收益不对称的股票。在这里我们可以用一个简单的方法来对第一步预定的股票进行进一步选择。利用前面得出的各股票的预期收益率、无风险收益率和预期的 β 值计算出每只股票单位风险水平的预期收益率。每单位风险水平的预期收益率越高，股票价值越被低估。所以，根据计算出的各股票的单位风险收益率进行排序，就可以得到价值被低估的股票，供以后构造股票投资组合时选择。

按照国外专家对股票市场的实证研究，将股票投资在 10 ~ 15 只个股上，即可以消除大部分非系统性风险；而在我国的股票市场上，非系统性风险所占的比例更小，同时考虑到《证券投资基金管理暂行办法》的要求，我们认为，挑选出 10 ~ 15 只股票来构造投资组合已可以达到分散风险的目的。

2. 运用单指数模型或马柯维茨模型构造有效边界

所谓的有效投资组合是指在收益一定的情况下，风险最小的组合，或在风险一定时，收益最大的投资组合。在确定了供选择的价值低估股票之后，我们

将确定一个有效边界，使得有效边界上的投资组合都是有效的股票投资组合。至于具体的构造方法，我们可以选择单指数模型，即单只股票的收益率由两方面因素决定。一是与整个市场收益相关的部分，二是独立于市场收益的部分。

3. 股票投资组合的确定

在确定有效边界之后，基金管理人面临的任务是如何按照一定的收益—风险偏好在有效边界上选择具体的投资组合。

在理论上，基金管理人在寻找最优投资组合的时候，应当是根据基金持有人的风险收益的无差异曲线与有效边界的切点来决定。但在实际的投资管理中，有两个方面的因素需要考虑：一是基金管理人是有着自身利益的，他的投资决策的出发点是在不违背法规和基金契约的前提条件下自身利益的最大化；二是很难用数学公式来精确描述基金管理人或基金持有人的风险—收益无差异曲线。所以，基金管理人在实际进行决策时，可以按照基金契约中规定的基金的风险类型确定一个恰当的β值，如收益型基金的风险承受能力较小，可以选取小的β值，而对积极成长型基金，则应取较高的β值。该选定的β值与有效边界的交点所代表的投资组合就是在基金管理人所选定的风险水平下的最佳投资组合。

4. 股票投资组合的调整

由于上市公司的经营业绩以及整个市场的走势是不断变化的，所以，基金管理人应当根据情况的变化对股票投资组合作出相应的调整。股票投资组合的调整包括组合中股票种类的调整和各股票投资比例的调整。

如果基金管理人不准备调整组合中的股票种类，则有效边界保持不变，基金管理人可以通过调整各股票的投资比例来适应市场的变动。在预计市场上升时，基金管理人可以调高投资组合的β值，而在市场看跌时，基金管理人应当调低组合的β值。基金管理人可以按照新的β值在有效边界上选取新的投资组合，对各股票的投资比例作出调整。

如果基金管理人通过对股票的分析，重新选择投资的股票种类，卖出原组合中价格高估的股票，买入价值低估的新股票，那么投资的有效边界将会发生变化。基金管理人应当按照新的可供选择的股票重新构造有效边界，然后再确定新的投资组合，对原有投资组合作出调整。

第四节　证券投资基金的债券投资组合管理

在现行《证券投资基金管理暂行办法》中规定：一个基金投资于债券的比例，不得低于该基金资产净值的20%。目前正出现越来越多的债券型基金。

由于债券与股票的性质不一样，债券的投资组合管理与股票的投资组合管理也不一样，如何对债券的投资组合进行管理是一个很复杂的问题。下面将讨论债券投资组合的各种策略，并结合现状对基金管理中债券投资组合方案进行设计和分析。

债券投资组合策略指的是为了满足客户的投资需求所选择的债券投资组合原则和方式方法，它对于债券的管理起着至关重要的作用，对于相同的投资目的，不同的投资策略可能有截然不同的效果。20 世纪 60 年代以前债券投资组合的管理策略只有被动式策略，基本上以“买入并持有”为主；70 年代初，发展了积极式管理策略；到了 70 年代后期，西方大多数国家出现了破纪录的通货膨胀和利率变动，债券的收益也变得很不稳定，机构客户普遍希望能有合适的策略来管理债券，从而得到稳定的收益，因此许多投资组合专项管理技术应运而生。近几十年来，被动式投资组合策略、积极式管理策略与在此基础上产生的各种投资组合专项技术在不同的场合起着积极的作用。

一、被动式投资组合策略（passive portfolio strategies）

被动式投资组合策略是指顺从市场，进行稳妥投资的策略，其支持者认为在选择市场机会的时候，容易出错，不如顺应市场，从而得到稳定收益。被动式投资组合策略包括买入并持有策略与指数化策略。

1. 买入并持有策略（buy and hold）

买入并持有策略为最简单的投资组合策略，债券投资组合经理只需要根据资金条件，寻找一些期限与资金投资期较为相近的品种来减少价格与再投资风险，他并不需要考虑进行积极的市场交易来获取更高的收益。这种策略可以避免债券二级市场风险，按照债券买入时的条件，获得无风险收益。许多成功的债券投资组合经理将此策略进一步发展为“改进的买入并持有策略”，那就是在买入债券之后，当发现该品种有较为有利的价位时，增加其持仓量。当然，如果该类操作较为频繁，那么该策略就成为积极式管理策略了。对应于此种策略，债券投资组合经理主要考虑短期债券。这种策略的缺点是资金流动性较差。

2. 指数化策略（indexing）

在有效的市场中，大量的实证研究证明大多数债券投资组合经理不能超过市场的表现，因此许多债券投资组合经理都倾向于将债券资产指数化，也就是说债券投资组合经理选择一种投资组合，使其表现与市场上债券指数（如巴克莱资本综合债券指数、美林指数、所罗门兄弟指数）的表现基本吻合。这种情况下，判断一个债券投资组合经理成功与否的标准已不是所得到的收益与经受的风险，而是其投资组合的表现与指数表现的差异。因此，在选择指数化策略的时候，参考指数的选择是很重要的。

二、积极式管理策略（active management strategies）

积极式管理策略是指运用各种方法，积极主动地寻找市场机会的策略。其支持者认为债券市场的效率不强，市场上有许多被低估或高估的债券，从而可以买进或卖出来获得收益。积极式管理策略主要应用以下方法：

1. 利率预测（interest rate anticipation）

应该说在所有的债券管理方法中，利率预测是风险性最大的一种，因为预测利率所依靠的是远期利率的不确定性预测，当预测到利率可能往上走的时候，就应该尽量使手中的资本保值；当预测到利率可能下降的时候，就尽量多获得一些资本利得。实现这些目标通常是通过调整投资组合的期度来实现的，预测到利率要下降的时候，尽量使投资组合的期度更长；而当预测到利率要上升时，尽量减短投资组合的期度。因此风险与投资组合的期度就是一对函数关系，而一旦利率变动方向预测错误的时候，投资的损失是巨大的。

2. 价值分析（valuation analysis）

价值分析是指通过分析债券的内在价值，用以挑选债券。通过比较各种各样债券的存续期、收益率及是否为附息债券等因素，发现市场上同类债券中哪些是被市场低估的，哪些是被市场高估的，然后进行投资。

3. 信用分析（credit analysis）

信用分析主要针对整个债券市场（包括国债与企业债）。债券投资组合经理通过对债券发行的各种条件进行详细分析，得出发行者不能兑付债券的可能程度，这主要参考债券评级机构对债券的评级变化。评级变化的主要原因为发行主体发生变化（财务状况发生变化等）或外界环境发生了变化，当宏观经济运行较为良好的时候，较为弱小的企业也可以按期偿还债务，而当宏观经济出现问题的时候，财务状况再好的企业也对能否按期偿还债务感到困难。因此，可以通过对宏观经济周期的了解来估计企业状况的变化，并尽可能在债券评级机构发布债券级别变动之前预测到债券的评级变化，从而要求相应的风险报酬。由于目前基金投资债券的范围只有国债，因此进行信用分析的意义不大。

4. 收益率差分析（yield spread analysis）

收益率差分析的一个基本假设为，不同种类的债券之间存在一个合理的利率差（比如长期债券与短期债券之间的合理差距），因此债券投资组合经理一旦发现异常情况出现，就立即抓住时机进行调期。不同期限之间的利率差主要通过利率曲线的形状来体现，利率曲线上的间断点往往成为投资调整的对象。收益率差的变化一般来说与经济环境有很大的关系，在经济衰退的时候，为了刺激经济，短期利率往往很低，而在经济扩张期，为了对付通货膨胀，短期利率往往较高。

三、债券投资组合专项技术

债券投资组合专项技术主要是为了满足不断增加的机构投资者的特殊需要而产生的，通常用来满足像退休基金这样的机构投资者取得定期定量收入等特殊需要。在我国，因为《证券投资基金运作管理办法》规定基金收益分配应当采用现金形式，每年至少一次，所以这些投资组合专项技术对我国证券投资基金也是适用的。债券投资组合专项技术主要包括专项投资组合技术、免疫技术、时期匹配技术、条件程序技术等。

1. 专项投资组合（dedicated portfolios）技术

专项投资组合，指的是债券投资组合经理用此种方法来满足一些计划好的将要到期的债务或资金要求。比如，退休基金要求债券投资组合经理采用的投资组合方法，能够及时产生适当大小的现金流来支付给退休基金的持有者。此种技术又可以细分为两种：

（1）纯现金流匹配专项投资组合（pure cash-matched dedicated portfolio）技术

本方法为最保守的方法，专指债券投资组合经理所组合的投资能够通过组合中附息债券的息票、偿债基金的付款、债券到期的本金来完全匹配债务的偿还计划，如退休金的固定支出。显然，构造这么一个投资组合所产生的现金流必须在债务到期之前。通常，债券投资组合经理可以在投资组合中选用一系列的零息债券来完全匹配债务的大小，而此种投资组合的缺点也就在于投资组合所产生的任何现金流不能再进行投资，因此这是一种相当被动的技术。

（2）再投资专项（dedicated with reinvestment）技术

再投资专项技术基本上与纯现金流匹配专项投资组合技术一致，不过其假设是：投资组合所产生现金流的时间并非完全与到期债务的时间一致，因此债务到期前所获得的现金流可以用合理的保守利率来投资，所以该假设允许债券投资组合经理考虑一些高收益的债券，并使整个投资组合获得较高的收益。

2. 免疫（immunization）技术

债券投资组合经理在考虑了买入并持有策略或一种积极的投资策略或一种专项的投资组合策略，并经客户的同意后，可能采取优化的方法来消除投资组合的利率变化风险。免疫技术是指债券投资组合经理通过专门的方法，在投资期内获得固定的收益（通常与当时的市场利率一致），从而避免在这期间内市场利率变化对其投资组合的影响。

一般地，债券投资组合经理所碰到的一个重要问题是，在投资期结束后，投资的收益率能有多少。在市场利率从未变动的时期，当然投资收益就是投资组合开始时所隐含的收益率，而在实际情况下，市场利率不发生变动是不可能的。通常债券投资组合经理在投资期内面临价格风险与息票的再投资风险两种风险。

(1) 价格风险与息票的再投资风险

价格风险主要指当市场利率升高的时候，债券在二级市场中实际价格要低于期望值，当市场利率下降的时候，债券的实际价格要高于期望值。但最重要的一点是，如果不能确定日后利率的走势，那么你也就无法确定日后债券的价格。

息票具有再投资风险是因为在当时构造投资组合的时候，隐含的假设条件为在投资期所收到的所有息票都将以当时所期望的收益率来进行再投资。显然，当投资期内市场利率期限结构没有发生变化的时候，息票的再投资利率是当时隐含的到期收益率；而当市场利率走低的时候，息票的再投资收益就会少于期望收益；而当市场利率走高的时候，息票的再投资收益也就会高于期望值。如前所述，由于市场利率走势是无法确定的，因而也无法确定息票的再投资收益大小。

(2) 利率风险的传统免疫

利率变化所引起的债券价格变化与息票再投资收益变化方向是相反的，利率上升引起价格的走低会使息票的再投资收益走高；相反地，利率下降会引起价格的走高却使息票再投资收益减少。因此，如果能够选择合适的投资期，息票再投资收益的变化刚好与债券价格变化相抵消的话，该投资组合就实现了利率免疫，也就是说利率的任何变化都不会对投资组合所取得的收益产生任何影响。

3. 时期匹配（horizon matching）技术

时期匹配技术是纯现金流匹配技术与免疫技术的组合。债务流主要分成两个阶段：在第一个阶段，投资组合的建立以纯现金流匹配技术为基础；在第二个阶段，投资组合策略以免疫技术为主。这样，初期投资能够稳定现金收入，后期投资又能保本和保持其他灵活性。通常由于收益率曲线的变动很难做到平行移动，而大多数的非平行移动都集中于最初阶段，因此在后一阶段应用传统免疫则可使得传统免疫的一个基本条件——收益率曲线的平行移动假设，通过此种方法在很大程度上得到保证。

4. 条件程序（contingent procedures）技术

条件程序技术是结构化的积极管理策略的一种方式，其主要代表为条件免疫技术。条件免疫（contingent immunization）技术是传统免疫技术的发展和应用，它使债券投资组合经理能够应用积极管理策略来获得更高的利润，同时在积极管理策略失败时，其机制能保证投资组合得到稳定的收益。

条件免疫技术的一个基本前提是客户能够接受比市场利率稍微低一点的预期收益率，这样就给债券投资组合经理留下了一点余地来进行积极管理。当债券经理预测到利率可能下调，就将投资组合的期度调整为大于投资期，而此时市场利率果真下调的话，投资组合在取得资本利得之后又进行传统免疫，这样债券投资组合经理所得到的收益比传统免疫所能得到的收益还要多；如果利率并没有下调，反而上升的话，虽然债券投资组合经理因市场利率走势预测错误而损失一些收益，但它可以立即对投资组合在高市场利率下进行免疫，从而也能将投资组合的收益保证在客户允许的范围之内。

第五节　基金的资产配置

一、资产配置概述

1. 资产配置的含义

资产配置是指根据投资需求将投资资金在不同资产类别之间进行分配，通常是将资产在低风险低收益证券与高风险高收益证券之间进行分配。

2. 资产配置管理的意义

资产配置是投资过程中最重要的环节之一，也是决定投资组合相对业绩的主要因素。一方面，在半强势有效市场环境下，投资目标的信息、盈利状况、规模、投资品种的特征，以及特殊的时间变动因素对投资收益有影响，可以通过分析和组合减少风险，因此资产配置能起到降低风险、提高收益的作用。另一方面，随着投资领域从单一资产扩展到多资产类型、从国内市场扩展到国际市场，单一资产投资方案难以满足投资需求，资产配置的重要意义与作用逐渐凸显出来，它可以帮助投资人降低单一资产的非系统性风险。

3. 资产配置的目标

从目前的投资需求看，资产配置的目标在于以资产类别的历史表现与投资人的风险偏好为基础，决定不同资产类别在投资组合中的比重，从而降低投资风险，提高投资收益，消除投资人对收益所承担的不必要的额外风险。

4. 资产配置的基础步骤

资产配置的过程包括以下几个步骤：

（1）明确投资目标和限制因素。通常考虑投资者的投资风险偏好、流动性需求、时间跨度要求，并考虑市场上实际的投资限制操作规则、税收等问题，确定投资需求。

（2）明确资本市场的期望值。这一步骤包括利用历史数据与经济分析来决定对所考虑资产在相关持有期间内的预期收益率，确定投资的指导性目标。

（3）确定有效资产组合的边界。这一步骤是指找出在既定风险水平下可获得最大预期收益的资产组合，确定风险修正条件下投资的指导性目标。

（4）寻找最佳的资产组合。这一步骤是指在满足面对的限制因素的条件下，选择最能满足投资者风险收益目标的资产组合，确定实际的资产配置战略。

（5）明确资产组合中包括哪几类资产。通常考虑的几种主要资产类型有货币市场工具即现金、固定收益证券、股票、不动产、贵金属等，确定具体的资产配置。

二、影响资产配置的因素

进行资产配置主要考虑的因素有：

（1）影响投资者风险承受能力和收益需求的各项因素，包括投资者的年龄或投资周期、资产负债状况、财务变动状况与趋势、财富净值、风险偏好等因素。

（2）影响各类资产的风险收益状况以及相关关系的资本市场环境因素，包括国际经济形势、国内经济状况与发展动向、通货膨胀、利率变化、经济周期波动、监管等。

（3）资产的流动性特征与投资者的流动性要求相匹配的问题。

（4）投资期限。投资者在有不同到期日的资产（如债券等）之间进行选择时，需要考虑投资期限的安排问题。

（5）税收考虑。税收结果对投资决策意义重大，因为任何一个投资策略的业绩都是由其税后收益的多少来进行评价的。

三、资产配置的基本方法

资产配置主要有历史数据法和情景综合分析法两种基本方法。

1. 历史数据法

历史数据法假定未来与过去相似，以长期历史数据为基础，根据过去的经历推测未来的资产类别收益。有关历史数据包括各类型资产的收益率、以标准差衡量的风险水平以及不同类型资产之间的相关性等数据，并假设上述历史数据在未来仍然能够继续保持。在进行预测时一般需要按照通货膨胀预期进行调整，使调整后的实际收益率与过去保持一致。更复杂的历史数据法还可以结合不同历史时期的经济周期进行进一步分析，即考察不同经济周期状况下各类型资产的风险收益状况及相关性，结合对目前和未来一定时期内的经济趋势来预测各类型资产的风险收益状况及相关性。由此可见，不同类型的资产在特定的经济环境中具有不同的表现，而经济状况的改变将在很大程度上改变不同类型的资产的绝对表现和相对表现。因此，对历史资料进行细分可以使分析者正确地确认与未来最相关的历史资料的构成，并有助于确认未来可能出现的类似的经济事件和资产类别表现。

2. 情景综合分析法

与历史数据法相比，用情景分析法进行预测的适用时间范围不同，在预测过程中的分析难度和要求的预测技能也更高，由此得到的预测结果在一定程度上也更有价值。运用情景分析法的基本步骤包括：

（1）分析目前与未来的经济环境所处的状态。

（2）预测在各种情况下，各类资产可能的收益与风险，各类资产之间的相关性。

（3）确定各情况发生的概率。

（4）以情景发生的概率为权重，通过加权平均的方法估计各类资产的收益与风险。

复习思考题

1. 现代投资理论包括哪些内容？
2. 怎么计算组合的收益和风险？
3. 什么是可行域和有效边界？
4. 什么是资本市场线和证券市场线？
5. 如何解释和使用贝塔值？
6. 我国对投资基金的投资比例有哪些限制？
7. 债券的投资组合管理有哪些方法？
8. 什么是指数化策略？
9. 资产配置的基本方法是什么？
10. 分析现代投资理论和基本分析以及技术分析之间的关系。

第九章　证券投资基金的绩效评价

证券投资基金绩效是指证券投资基金在一段时间内的投资效果，包括投资收益率和证券投资基金所面临的风险水平等。在证券投资基金业，基金管理者需要通过比较不同基金的绩效来了解自己的操作管理水平在同业中所处的地位，投资者需要通过对不同证券投资基金绩效的对比来选择适合的投资对象。因此，对证券投资基金绩效的评估就显得十分重要。同时，我国的证券投资基金在快速发展的过程中投资风格和基金品种更加多样化，也给基金绩效的评价带来了一定的难度。因此可以说，建立证券投资基金绩效综合评价指标体系，已经成为当前我国证券投资基金建设的一个关键性问题，具有十分重要的意义和现实紧迫性。

第一节　证券投资基金的收益和风险度量

一、简单收益率

简单收益率的计算不考虑分红再投资的时间价值的影响，其公式如下：

$$R=\frac{(V_t-V_{t-1}+D)}{V_{t-1}}$$

式中：

V_t——期末单位资产净值；

V_{t-1}——期初单位资产净值；

D——基金在该时期支付的红利。

单位资产净值由基金管理人负责定期公布。此外，“累计净值”是指从基金设立之日起，假定没有发生历次分红派息状态下的单位资产净值。该指标刻画了基金从设立之日起到目前为止的累计资产增值情况。

二、平均收益率

在进行投资绩效评估时，经常会用到某一阶段的平均收益率以及收益率的方差或标准差。计算平均收益率的方法有两种，即算术平均收益率法和几何平均收益率法。

算术平均收益率的公式如下：

$$\overline{R}_A=\frac{\sum_{i=1}^{n}R_i}{n}$$

几何平均收益率的公式如下：

$$\overline{R}_G = \sqrt[n]{\prod_{i=1}^{n}(1+R_i)} - 1$$

式中：

R_i——各期收益率。

算术平均收益率计算简单，但精度较低，会有误差；几何平均收益率准确，计算却较麻烦，但可以较准确地衡量基金表现的实际收益情况。算术平均收益率通常大于几何平均收益率，而且收益率波动越大，两者计算结果的差异也越大。

三、年化收益率

通常投资者比较关注证券投资基金的年度收益率，这就涉及将其他周期的收益率转化为年度收益率的问题。已知季度收益率，简单年化收益率的计算公式如下：

$$R_Y = \sum_{i=1}^{4} R_i$$

式中：

R_i——季度收益率。

精确年化收益率的计算公式如下：

$$R_y = \prod_{i=1}^{4}(1+R_i) - 1$$

同样的方法可以将周收益率、月收益率转化为年收益率。

四、投资风险

评估证券投资基金绩效，除了要看证券投资基金的收益水平，还要考察证券投资基金所承担的风险。证券投资基金的风险主要是指基金的资产组合的风险。通过现代资产组合理论，我们知道可以用基金净值的标准差来度量风险。同样，基金的投资风险可以分为系统性风险和非系统性风险。系统性风险是指收益率相对于市场指数收益率来说的，一般用贝塔系数衡量。

有了基金的收益率和风险指标，我们就可以对各种证券投资基金的绩效进行评价和比较。一般而言，基金的收益指标越高越好，基金的风险指标越低越好。由于各种基金的风险收益特征存在差异，所以我们需要能够把风险和收益指标统一到单个指标的方法。

第二节　证券投资基金绩效评估的基本方法

基金的业绩评价是衡量基金管理人的管理能力的方法。要想准确地衡量基金管理人的能力，必须将基金收益和风险联合起来。证券投资基金绩效评价的基本思路有两条：一是根据基金的单位风险收益率来评价证券投资基金绩效；二是根据经风险调整后的收益率来评判证券投资基金绩效。

一、夏普比率法（Sharpe Ratio）

著名金融学家夏普于20世纪60年代提出了以总风险为基础的组合绩效评价指标，以单位总风险所获得的超额收益来评价投资组合的业绩，称为夏普比率，其计算公式如下：

$$SR=\frac{\overline{R}_P-r_f}{\sigma_P}$$

式中：

$\overline{R}_P$——投资基金在评估期内各阶段的平均收益率，如周平均收益率等；

r_f——在评估期内的无风险收益率，如一年期的定期存款收益率；

σ_P——组合收益率的标准差。

在这里，夏普把标准差作为风险衡量的尺度，用资产组合的平均超额收益与这个时期组合收益的标准差的比率来表示单位风险报酬。夏普比率的测度值越大，说明基金的绩效越好。

二、特雷诺比率法（Treynor Ratio）

这是一种基于证券市场线的组合绩效评估方法，即主要侧重于考虑因承担不可分散化风险也就是系统风险所得到的回报。可用特雷诺比率表示，其计算公式如下：

$$TR=\frac{\overline{R}_P-r_f}{\beta_P}$$

式中：

β_P——投资组合的贝塔值。

特雷诺比率是以贝塔值作为风险衡量的尺度，以每单位系统性风险所获得的超额收益率来衡量投资组合业绩的。特雷诺比率的数值越大，说明基金承担的每单位系统风险的收益率越高，基金的经营业绩越好。

与夏普比率相比，特雷诺比率只是分母不同，描述的都是单位风险的超额收益，但它用的是系统风险而不是总风险。因此当评估高度分散化的投资组合时，由于组合的非系统性风险已被分散，基金投资组合的风险只剩下系统性风险，两种方法对单位风险报酬的排序结果应该一致。如果基金的投资组合未充分分散，则采用夏普比率更为合适。

三、詹森方法（Jensen Index）

詹森于1969年提出了对投资组合绩效的评价方法。与夏普比率不同，詹森把评估期的证券市场线作为基准，认为组合的投资绩效如果在证券市场线的上方，则说明该基金绩效优于平均水平，反之则劣于平均水平。詹森假定投资者有一个自然的投资组合选择，即市场组合，而且投资者可以通过无风险借贷调整自己承担的风险水平。根据詹森的方法，首先测算组合的贝塔值，然后依据证券市场线方程计算与该贝塔值相对应的期望收益，其计算公式如下：

$$E(R_P) = r_f + \beta_p (\bar{R}_m - r_f)$$

令 α 为实际的平均收益与“应该的期望收益”之差，即：

$$\alpha = \bar{R}_P - E(R_P) = \bar{R}_P - r_f - \beta_p (\bar{R}_m - r_f)$$

α 即为詹森指数，显然詹森指数大于 0 是基本要求，而且越大越好。当詹森指数接近于 0，难以作出结论时，可用统计检验的方法来确定其是否显著地不为 0。詹森指数事实上假设基金投资组合的预期收益率是由该投资组合风险和市场组合风险的相关程度决定的，即由贝塔系数决定的。由此可见，市场根据各投资组合承担的市场风险分配收益，因此詹森指数的理论基础也是资本资产定价模型。

四、信息比率法

信息比率以马柯威茨的均值方差模型为基础，其计算公式如下：

$$IR = \frac{\bar{D}_P}{\sigma_{D_P}}$$

式中：

$D_P = R_P - R_b$——基金与基准组合的差异收益率；

$\bar{D}_P$——差异收益率的均值；

$\sigma_{D_P} = \sqrt{\frac{\sum_{t=1}^{N}(D_{pt} - \bar{D}_P)}{N-1}}$——差异收益率的标准差。

信息比率从主动管理的角度描述风险调整后的收益，不同于夏普比率从绝对收益和总风险角度来描述，信息比率表示单位主动风险所带来的超额收益。基金收益率与基金组合收益率之间的差异收益率的标准差，通常被称为跟踪误差，反映了积极管理的风险。信息比率越大，说明基金管理所获得的超额收益越高。

五、M^2 测度方法

M^2 测度方法是 Modigliani（1997）和 Franco Modigliani 引入经改进的夏普比率，使调整组合投资的风险与市场指数或设定组合的风险相等，在风险一致的基础上比较它们之间收益率的差异。

这一方法的基本思想是：利用基金资产组合与无风险资产构建一个与市场组合有相同收益标准差的资产组合 P′，然后将 P′的收益率与市场组合的收益率进行比较，两者之差则表示基金组合与市场组合优劣的程度。与夏普比率类似，M^2 测度法也把全部风险作为风险的度量指标。但是，这种收益的风险调整方法更容易解释为什么不同的市场基准指数对应着不同的绩效水平。

M^2 测度方法的运用过程如下：

（1）假定被评估的证券投资基金的收益和风险分别为 $\bar{R}$、σ。

（2）把该基金与无风险资产进行投资组合构建，使这个经过调整的资产组合的风险等于市场指数的风险。我们把经过调整的资产组合称为 P′，那么它就与市场指数有着相同的收益率标准差。

（3）因为两者具有相同的标准差，于是我们只要通过计算两者收益率之差就可以知道基金的投资业绩水平了，其计算公式如下：

$$M^2 = \bar{R}_{P'} - \bar{R}_m$$

第三节　证券投资基金绩效评价的相关研究成果

一、基金评价体系研究的前沿领域

1968 年奥特曼（Altman）开创性地运用判别分析技术对企业的会计指标进行研究，建立了能够对企业是否破产作出预测的 Z – Score 模型，该模型对于评估业影响是巨大的。

判别分析之所以有效是因为，相对于业绩糟糕的基金而言，业绩良好的基金会呈现出不同的业绩相关指标。通过判别分析模型选择适当的角度，将基金业绩相关指标投影到同一维度上进行排序，从而判断基金业绩优劣。

自 20 世纪 90 年代起，人工神经网络（ANN）方法得到研究者和实践者的广泛关注。基金评级其实就是基于基金业绩特征而划分等级，但基金业绩相关指标之间往往表现出非线性的特征，而人工神经网络非常适于描述这种非线性特征。

21 世纪初，数据网络分析（DEA）被引入了基金评级中，其优点是无需对资本市场的有效性进行假设，无需对市场组合进行选择，克服了选择基准的不确定性。

二、国外基金评价体系的历史沿革与研究的热门领域

1929 年世界性经济危机的一个贡献是，风险的理解与控制开始进入人类经济活动。集中资金投资于风险资产的基金业评价受到关注，早期的基金业绩评估基本上完全以单位资产净值和基金收益率来刻画，现在看来这是非常简单原始的方法。20 世纪 60 年代资产组合选择理论、资本资产定价模型和股票价格行为三大金融理论的出现，为基金业绩评价创造出新的技术工具，从而开创

了一个新时代。

1. 基于基金收益率时间序列的基金评价体系

1965年特雷纳在《哈佛商业评论》上发表了《如何评价投资基金的管理》一文，首次提出风险调整收益概念，并创造特雷纳指数。风险调整收益的简单解释是，一个投资品种承担每单位系统风险所对应的收益。

随后出现的夏普指数与之有异曲同工之效，不过在业绩评估中被广泛使用的是詹森指数，1969年由詹森首次提出。

这三种经典评价方法虽然被广泛使用，但同时在如CAPM的有效性、无风险收益率的确定、业绩归属的细分等方面存在缺陷，遭到了不少的批评和质疑。在此后的20多年中，又有一些新的单因素指标相继被提出，如信息比率、M^2测度方法、M^3测度方法、衰减度等。

信息比率目前已成为国际金融市场评价投资管理者获取有关投资组合信息的一个指标，用以测量每单位非系统风险所带来的收益，是衡量积极型组合的业绩指标。

M^2测度方法是Modigliani和Franco Modigliani引入的经改进的夏普比率。

Muralidhar认为，夏普比率、信息比率、M^2测度方法不足以有效地进行组合构建和基金业绩排序，问题的关键在于对组合和基准之间标准差的差异调整不够，并且忽略了“组合和基准的相关性”常导致错误排序和评估。鉴于此，Muralidhar提出了M^3测度方法。

Stutzer在损失厌恶的理论基础上，假定投资者最大可能地回避风险，构建了一个新的评价指标，称之为衰减度（probability of decay rate），该指标最大的特点在于允许收益率收敛于各种分布。

2. 基于基金投资组合的基金评价体系

基于基金的投资组合，可以得到比基金的历史收益率更多的一些信息。根据这些信息评价基金的表现，可以减小基于基金收益率时间序列的基金评价方法中，基准投资组合和基金经理时机选择能力这两个因素的干扰。

Grinblatth和Titman指出，基金投资组合权重和投资组合中各股票收益率的协方差总和等于基金经理的时机选择和股票选择对收益率提高的总体贡献。采用此技术，他们研究了一系列共同基金的每季度投资组合，发现基金经理确实有预测未来变化的能力，而且在他们作出投资决策后，通常需要一个季度才能通过市场反映出来。

这类基金评价方法的研究始于20世纪80年代，由于这类评价方法对数据的要求较高，因此目前相关的研究文献相对较少。

第四节　我国证券投资基金绩效评价现状

目前，我国证券投资基金的绩效评价已经不再仅仅只限于最初的单纯采用“老三样”指标，即“基金净值增长率”、“基金单位净值”和“基金累计单位净值”来反映基金的运作绩效了。这三个指标计算简单，含义明确，容易理解，易于为投资人接受使用，但也存在一些明显的缺点：①与发行时间长短相关，发行时间不同的基金之间不具有可比性。②基金红利发放的多少及发放的时间对基金单位净值和净值增长率都存在较大的影响。③缺乏可以比较的基准，没有考虑证券市场走势对基金收益的影响。④对风险水平未作任何考察，这三个指标对业绩的测定是一种忽略了风险因素的结果，无法反映投资人所承担的风险是否获得了收益补偿。因此，在实际运用中，投资人以上述三个指标为标准来选择基金时，常常会作出错误的选择而遭受不应有的损失。

伴随着基金业的迅速发展，基金评级作为一个行业也迅速发展起来。国内的基金评级业主要有三种类型：第一类是晨星等外资资深评级机构，评级方法比较成熟；第二类是以银河证券、中信证券为代表的券商评级体系；第三类是独立理财机构发布的基金评级。相对来说，外资的评级机构由于经验丰富，专业性强于国内机构。

一、晨星基金评价体系

晨星公司于 1984 年创立，作为国际基金评级的权威机构，其创立的基金星级评价体系已成为全球基金业的行业标准。借助星级评价的方式，可以帮助投资人更加简便地分析每只基金在同类基金中的表现。2003 年 2 月，晨星公司在中国落户，在开展投资人教育的同时，建立了中国基金数据库，并致力于把晨星在境外基金评估的成熟理念和方法论进行本土化。晨星的基金评级，包括业绩排名和评级，均建立在对基金进行分类的基础上——对同类基金进行比较。对中国基金的分类是评价工作的基础。通过分析基金的投资组合，将现有的开放式基金分为股票型基金、债券型基金、配置型基金、货币市场基金和保本基金五类分别进行比较，封闭式基金被单列为一类进行比较。基金业绩排名是基金评价体系的重要组成部分。除采用分类评价方法外，在评价指标中，引入了总回报率、标准差、风险系数、夏普比率四项指标，分别对基金的收益、风险及风险调整后的收益进行量化评测。

二、券商基金评价体系

随着证券投资基金在我国的建立与发展，国内各大券商研究所、基金管理公司和保险公司都对基金评价这一课题展开了一定程度的研究，分别建立起自己的一套评价体系或者说评价方法，并在实践中将其不断发展和完善。银河证券是国内最早开展基金业绩评价研究的券商。其对基金的评价分为定性评述与定量评价两部分。定性评述主要就基金业在发展中出现的问题与现象进行分析评论；定量评价主要围绕基金净值与价格表现通过简明扼要的指标体系给出评价结果（包括指标值和单项排名），评价每周进行一次。银河证券基金评价体系具体指标构成如表9—1所示。

表9—1　**银河证券基金评价指标体系**

指标分类		指标构成
市场表现指标		单位净值
		收盘价
		折价/溢价率
投资绩效指标	收益指标	累积净值增长率（最近1周、1个月、1个季度、半年、1年、今年来、2年）
		年几何平均净值增长率
	风险指标	年化标准差
		风险程度
		β及R^2
	风险调整收益指标	夏普比率
流动性		换手率（最近1周、1个月）
基准组合		（上证A股指数）×0.8+（中信债券指数）×0.2

三、我国对基金评价业务的规范

中国证监会为规范证券投资基金评价业务，引导证券投资基金的长期投资理念，保障基金投资人和相关当事人的合法权益，根据《证券法》、《证券投资基金法》等法律法规，制定证券投资基金评价业务管理暂行办法，并于2010年11月开始实施。

1. 基金评价业务的含义

基金评价业务，包括基金评价机构及其评价人员对基金的投资收益和风险或基金管理人的管理能力开展评级、评奖、单一指标排名或中国证监会认定的其他评价活动。评级是指基金评价机构及其评价人员运用特定的方法对基金的投资收益和风险或基金管理人的管理能力进行综合性分析，并使用具有特定含义的符号、数字或文字展示分析结果的活动。公开形式指通过报刊、电台、电视台、互联网等公众传播媒体形式或讲座、报告会、分析会、电脑终端、电话、传真、电子邮件、短信等形式，向非特定对象发布基金评价结果。

2. 基金评价业务应当遵循的原则

（1）长期性原则，即注重对基金的长期评价，培育和引导投资人的长期投资理念，不得以短期、频繁的基金评价结果误导投资人；

（2）公正性原则，即保持中立地位，公平对待所有评价对象，不得歪曲、诋毁评价对象，防范可能发生的利益冲突；

（3）全面性原则，即全面综合评价基金的投资收益和风险或基金管理人的管理能力，不得将单一指标作为基金评级的唯一标准；

（4）客观性原则，即基金评价过程和结果客观准确，不得使用虚假信息作为基金评价的依据，不得发布虚假的基金评价结果；

（5）一致性原则，即基金评价标准、方法和程序保持一致，不得使用未经公开披露的评价标准、方法和程序；

（6）公开性原则，即使用市场公开披露的信息，不得使用公开披露信息以外的数据。

3. 基金评价机构资格认定

（1）基金评价机构应当加入中国证券业协会。中国证券业协会应当制定严格的基金评价机构自律规则、执业规范、入会标准和入会程序。基金评价机构应当在本办法施行后30个工作日内或开始从事基金评价业务后30个工作日内，按照协会公示的要求向协会提请办理入会手续。

（2）基金评价机构应当具有健全的组织架构和完善的内部控制制度；有足够熟悉基金及其评价业务的专业人员；有完善、系统的评价标准、方法以及严谨的业务规范。

（3）基金评价机构的内部控制应当促进基金评价业务的有效开展和规范运作：具有可靠的基金信息采集制度，并对信息数据库进行严格的管理，保证信息数据的安全、真实和完整；具有确定的基金评价标准、方法和作业程序，并据此建立和维护信息分析处理系统；建立和执行严格的校正和复核程序，保证评价结果的客观准确；建立基金评价标准、方法和程序的公开披露制度，并真实、准确、完整、及时地进行披露；建立和执行严格规范的文档制度，妥善保留业务数据、工作底稿和相关文件；建立基金评价标准、方法和作业程序的检讨评估制度，保证基金评价业务的一致性；建立基金评价结果发布制度和程序，保证发布的基金评价结果符合相关业务规范的要求。

4. 基金评价业务的具体规范

（1）基金评价业务的主要内容

从事基金评价业务应当有完善、系统的理论基础、标准和方法。基金评价方法应当基于机构自己的研究成果，不得侵犯其他基金评价机构的有关知识产权。

对基金进行评价应当至少考虑下列内容：

①基金招募说明书和基金合同约定的投资方向、投资范围、投资方法和业绩比较基准等；

②基金的风险收益特征；

③基金投资决策系统及交易系统的有效性和一贯性。

对基金管理人的评价应考虑以下内容：基金管理公司及其人员的合规性；基金管理公司的治理结构；股东、高级管理人员、基金经理的稳定性；投资管理和研究能力；信息披露和风险控制能力。

（2）基金评价业务禁止的行为

任何机构从事基金评价业务并以公开形式发布评价结果的，不得有下列行为：

①对不同分类的基金进行合并评价；

②对同一分类中包含基金少于 10 只的基金进行评级或单一指标排名；

③对基金合同生效不足 6 个月的基金（货币市场基金除外）进行评奖或单一指标排名；

④对基金（货币市场基金除外）、基金管理人评级的评级期间少于 36 个月；

⑤对基金、基金管理人评级的更新间隔少于 3 个月；

⑥对基金、基金管理人评奖的评奖期间少于 12 个月；

⑦对基金、基金管理人单一指标排名（包括具有点击排序功能的网站或咨询系统数据列示）的排名期间少于 3 个月；

⑧对基金、基金管理人单一指标排名的更新间隔少于 1 个月；

⑨对特定客户资产管理计划进行评价。

四、建立我国基金绩效评价体系的建议

1. 基金绩效评价体系研究动态的理论借鉴

（1）评价方法并不是越先进就越好，这是很多经济学理论反复讨论过的。Sharpe 对 Morningstar 公司的风险调整的评级方法、夏普比率、传统的均值—方差三种业绩评价方法进行了比较，发现第三种方法较佳。

（2）基金评价体系的指标设置取决于系统使用者的需求，不同评价主体的需求不尽相同，因此在系统结构设计上应加以区别。现有的几套评价体系并未对客户进行细分，为基金投资者和基金管理者所提供的产品具有同质性，不能满足其需求的差异性。

（3）基金业绩评价的持续性无须怀疑，基金的历史表现和基金的未来表现是正相关的，选择过去表现好的基金总体上来说会更加合适。这说明，过去的业绩记录中隐含着基金经理人未来业绩的某种信息。

（4）评价主要针对基金历史业绩表现展开，基金投资风格分析、投资操作各环节的业绩贡献分析、基金流动性分析、基金操作策略的动态预测等方面的评价方法需进一步细化和优化。

2. 构建基金绩效评价体系的基础工作

（1）建立完善的标准化信息披露制度。

建议不妨尝试引进国际上通用的基金信息披露准则，即 GIPS（global investment performance standards，全球投资绩效评估标准）。

（2）明确评价范围及基金分类标准，对现有基金进行分类。

从世界范围来看，封闭式基金通常采用基金净值作为基本数据来刻画，争议不大。因此，实际上基金绩效评价一般指的是开放式基金。如果用 Gallo 和 Lockwood 使用的大盘股/成长、大盘股/价值、小盘股/成长、小盘股/价值对基金进行分类的话，效果会更好。

（3）基准组合的有效性问题难以有效测定，基准比模型对业绩更敏感，基金业绩很难战胜市场，构建基准投资组合时，建议不要耗时太多。

（4）样本数据尽量统一选择周数据或日数据，数据时间间隔越短越好。

复习思考题

1. 如何计算年化收益率？
2. 什么是基金的累积净值？
3. 什么是夏普比率？
4. 什么是詹森指数？
5. 什么是信息比率？
6. 晨星评价体系的主要方法和指标有哪些？
7. 我国基金评级体系存在哪些问题？

附录一

中华人民共和国证券投资基金法

目录

第一章　总则

第一条　为了规范证券投资基金活动，保护投资人及相关当事人的合法权益，促进证券投资基金和证券市场的健康发展，制定本法。

第二条　在中华人民共和国境内，通过公开发售基金份额募集证券投资基金（以下简称基金），由基金管理人管理，基金托管人托管，为基金份额持有人的利益，以资产组合方式进行证券投资活动，适用本法；本法未规定的，适用《中华人民共和国信托法》、《中华人民共和国证券法》和其他有关法律、行政法规的规定。

第三条　基金管理人、基金托管人和基金份额持有人的权利、义务，依照本法在基金合同中约定。

基金管理人、基金托管人依照本法和基金合同的约定，履行受托职责。基金份额持有人按其所持基金份额享受收益和承担风险。

第四条　从事证券投资基金活动，应当遵循自愿、公平、诚实信用的原则，不得损害国家利益和社会公共利益。

第五条　基金合同应当约定基金运作方式。基金运作方式可以采用封闭式、开放式或者其他方式。

采用封闭式运作方式的基金（以下简称封闭式基金），是指经核准的基金份额总额在基金合同期限内固定不变，基金份额可以在依法设立的证券交易场所交易，但基金份额持有人不得申请赎回的基金。

采用开放式运作方式的基金（以下简称开放式基金），是指基金份额总额不固定，基金份额可以在基金合同约定的时间和场所申购或者赎回的基金。

采用其他运作方式的基金的基金份额发售、交易、申购、赎回的办法，由国务院另行规定。

第六条 基金财产独立于基金管理人、基金托管人的固有财产。基金管理人、基金托管人不得将基金财产归入其固有财产。

基金管理人、基金托管人因基金财产的管理、运用或者其他情形而取得的财产和收益，归入基金财产。

基金管理人、基金托管人因依法解散、被依法撤销或者被依法宣告破产等原因进行清算的，基金财产不属于其清算财产。

第七条 基金财产的债权，不得与基金管理人、基金托管人固有财产的债务相抵消；不同基金财产的债权债务，不得相互抵消。

第八条 非因基金财产本身承担的债务，不得对基金财产强制执行。

第九条 基金管理人、基金托管人管理、运用基金财产，应当恪尽职守，履行诚实信用、谨慎勤勉的义务。

基金从业人员应当依法取得基金从业资格，遵守法律、行政法规，恪守职业道德和行为规范。

第十条 基金管理人、基金托管人和基金份额发售机构，可以成立同业协会，加强行业自律，协调行业关系，提供行业服务，促进行业发展。

第十一条 国务院证券监督管理机构依法对证券投资基金活动实施监督管理。

第二章 基金管理人

第十二条 基金管理人由依法设立的基金管理公司担任。

担任基金管理人，应当经国务院证券监督管理机构核准。

第十三条 设立基金管理公司，应当具备下列条件，并经国务院证券监督管理机构批准：

（一）有符合本法和《中华人民共和国公司法》规定的章程；

（二）注册资本不低于一亿元人民币，且必须为实缴货币资本；

（三）主要股东具有从事证券经营、证券投资咨询、信托资产管理或者其他金融资产管理的较好的经营业绩和良好的社会信誉，最近三年没有违法记录，注册资本不低于三亿元人民币；

（四）取得基金从业资格的人员达到法定人数；

（五）有符合要求的营业场所、安全防范设施和与基金管理业务有关的其他设施；

（六）有完善的内部稽核监控制度和风险控制制度；

（七）法律、行政法规规定的和经国务院批准的国务院证券监督管理机构规定的其他条件。

第十四条　国务院证券监督管理机构应当自受理基金管理公司设立申请之日起六个月内依照本法第十三条规定的条件和审慎监管原则进行审查，作出批准或者不予批准的决定，并通知申请人；不予批准的，应当说明理由。

基金管理公司设立分支机构、修改章程或者变更其他重大事项，应当报经国务院证券监督管理机构批准。国务院证券监督管理机构应当自受理申请之日起六十日内作出批准或者不予批准的决定，并通知申请人；不予批准的，应当说明理由。

第十五条　下列人员不得担任基金管理人的基金从业人员：

（一）因犯有贪污贿赂、渎职、侵犯财产罪或者破坏社会主义市场经济秩序罪，被判处刑罚的；

（二）对所任职的公司、企业因经营不善破产清算或者因违法被吊销营业执照负有个人责任的董事、监事、厂长、经理及其他高级管理人员，自该公司、企业破产清算终结或者被吊销营业执照之日起未逾五年的；

（三）个人所负债务数额较大，到期未清偿的；

（四）因违法行为被开除的基金管理人、基金托管人、证券交易所、证券公司、证券登记结算机构、期货交易所、期货经纪公司及其他机构的从业人员和国家机关工作人员；

（五）因违法行为被吊销执业证书或者被取消资格的律师、注册会计师和资产评估机构、验证机构的从业人员、投资咨询从业人员；

（六）法律、行政法规规定不得从事基金业务的其他人员。

第十六条　基金管理人的经理和其他高级管理人员，应当熟悉证券投资方面的法律、行政法规，具有基金从业资格和三年以上与其所任职务相关的工作经历。

第十七条　基金管理人的经理和其他高级管理人员的选任或者改任，应当报经国务院证券监督管理机构依照本法和其他有关法律、行政法规规定的任职条件进行审核。

第十八条　基金管理人的董事、监事、经理和其他从业人员，不得担任基金托管人或者其他基金管理人的任何职务，不得从事损害基金财产和基金份额持有人利益的证券交易及其他活动。

第十九条　基金管理人应当履行下列职责：

（一）依法募集基金，办理或者委托经国务院证券监督管理机构认定的其他机构代为办理基金份额的发售、申购、赎回和登记事宜；

（二）办理基金备案手续；

（三）对所管理的不同基金财产分别管理、分别记账，进行证券投资；

（四）按照基金合同的约定确定基金收益分配方案，及时向基金份额持有人分配收益；

（五）进行基金会计核算并编制基金财务会计报告；

（六）编制中期和年度基金报告；

（七）计算并公告基金资产净值，确定基金份额申购、赎回价格；

（八）办理与基金财产管理业务活动有关的信息披露事项；

（九）召集基金份额持有人大会；

（十）保存基金财产管理业务活动的记录、账册、报表和其他相关资料；

（十一）以基金管理人名义，代表基金份额持有人利益行使诉讼权利或者实施其他法律行为；

（十二）国务院证券监督管理机构规定的其他职责。

第二十条　基金管理人不得有下列行为：

（一）将其固有财产或者他人财产混同于基金财产从事证券投资；

（二）不公平地对待其管理的不同基金财产；

（三）利用基金财产为基金份额持有人以外的第三人牟取利益；

（四）向基金份额持有人违规承诺收益或者承担损失；

（五）依照法律、行政法规有关规定，由国务院证券监督管理机构规定禁止的其他行为。

第二十一条　国务院证券监督管理机构对有下列情形之一的基金管理人，依据职权责令整顿，或者取消基金管理资格：

（一）有重大违法违规行为；

（二）不再具备本法第十三条规定的条件；

（三）法律、行政法规规定的其他情形。

第二十二条　有下列情形之一的，基金管理人职责终止：

（一）被依法取消基金管理资格；

（二）被基金份额持有人大会解任；

（三）依法解散、被依法撤销或者被依法宣告破产；

（四）基金合同约定的其他情形。

第二十三条 基金管理人职责终止的，基金份额持有人大会应当在六个月内选任新基金管理人；新基金管理人产生前，由国务院证券监督管理机构指定临时基金管理人。

基金管理人职责终止的，应当妥善保管基金管理业务资料，及时办理基金管理业务的移交手续，新基金管理人或者临时基金管理人应当及时接收。

第二十四条 基金管理人职责终止的，应当按照规定聘请会计师事务所对基金财产进行审计，并将审计结果予以公告，同时报国务院证券监督管理机构备案。

第三章 基金托管人

第二十五条 基金托管人由依法设立并取得基金托管资格的商业银行担任。

第二十六条 申请取得基金托管资格，应当具备下列条件，并经国务院证券监督管理机构和国务院银行业监督管理机构核准：

（一）净资产和资本充足率符合有关规定；

（二）设有专门的基金托管部门；

（三）取得基金从业资格的专职人员达到法定人数；

（四）有安全保管基金财产的条件；

（五）有安全高效的清算、交割系统；

（六）有符合要求的营业场所、安全防范设施和与基金托管业务有关的其他设施；

（七）有完善的内部稽核监控制度和风险控制制度；

（八）法律、行政法规规定的和经国务院批准的国务院证券监督管理机构、国务院银行业监督管理机构规定的其他条件。

第二十七条 本法第十五条、第十八条的规定，适用于基金托管人的专门基金托管部门的从业人员。

本法第十六条、第十七条的规定，适用于基金托管人的专门基金托管部门的经理和其他高级管理人员。

第二十八条 基金托管人与基金管理人不得为同一人，不得相互出资或者持有股份。

第二十九条 基金托管人应当履行下列职责：

（一）安全保管基金财产；

（二）按照规定开设基金财产的资金账户和证券账户；

（三）对所托管的不同基金财产分别设置账户，确保基金财产的完整与独立；

（四）保存基金托管业务活动的记录、账册、报表和其他相关资料；

（五）按照基金合同的约定，根据基金管理人的投资指令，及时办理清算、交割事宜；

（六）办理与基金托管业务活动有关的信息披露事项；

（七）对基金财务会计报告、中期和年度基金报告出具意见；

（八）复核、审查基金管理人计算的基金资产净值和基金份额申购、赎回价格；

（九）按照规定召集基金份额持有人大会；

（十）按照规定监督基金管理人的投资运作；

（十一）国务院证券监督管理机构规定的其他职责。

第三十条　基金托管人发现基金管理人的投资指令违反法律、行政法规和其他有关规定，或者违反基金合同约定的，应当拒绝执行，立即通知基金管理人，并及时向国务院证券监督管理机构报告。

基金托管人发现基金管理人依据交易程序已经生效的投资指令违反法律、行政法规和其他有关规定，或者违反基金合同约定的，应当立即通知基金管理人，并及时向国务院证券监督管理机构报告。

第三十一条　本法第二十条的规定，适用于基金托管人。

第三十二条　国务院证券监督管理机构和国务院银行业监督管理机构对有下列情形之一的基金托管人，依据职权责令整顿，或者取消基金托管资格：

（一）有重大违法违规行为；

（二）不再具备本法第二十六条规定的条件；

（三）法律、行政法规规定的其他情形。

第三十三条　有下列情形之一的，基金托管人职责终止：

（一）被依法取消基金托管资格；

（二）被基金份额持有人大会解任；

（三）依法解散、被依法撤销或者被依法宣告破产；

（四）基金合同约定的其他情形。

第三十四条　基金托管人职责终止的，基金份额持有人大会应当在六个月内选任新基金托管人；新基金托管人产生前，由国务院证券监督管理机构指定临时基金托管人。

基金托管人职责终止的，应当妥善保管基金财产和基金托管业务资料，及时办理基金财产和基金托管业务的移交手续，新基金托管人或者临时基金托管人应当及时接收。

第三十五条　基金托管人职责终止的，应当按照规定聘请会计师事务所对基金财产进行审计，并将审计结果予以公告，同时报国务院证券监督管理机构备案。

第四章　基金的募集

第三十六条　基金管理人依照本法发售基金份额，募集基金，应当向国务院证券监督管理机构提交下列文件，并经国务院证券监督管理机构核准：

（一）申请报告；

（二）基金合同草案；

（三）基金托管协议草案；

（四）招募说明书草案；

（五）基金管理人和基金托管人的资格证明文件；

（六）经会计师事务所审计的基金管理人和基金托管人最近三年或者成立以来的财务会计报告；

（七）律师事务所出具的法律意见书；

（八）国务院证券监督管理机构规定提交的其他文件。

第三十七条　基金合同应当包括下列内容：

（一）募集基金的目的和基金名称；

（二）基金管理人、基金托管人的名称和住所；

（三）基金运作方式；

（四）封闭式基金的基金份额总额和基金合同期限，或者开放式基金的最低募集份额总额；

（五）确定基金份额发售日期、价格和费用的原则；

（六）基金份额持有人、基金管理人和基金托管人的权利、义务；

（七）基金份额持有人大会召集、议事及表决的程序和规则；

（八）基金份额发售、交易、申购、赎回的程序、时间、地点、费用计算方式，以及给付赎回款项的时间和方式；

（九）基金收益分配原则、执行方式；

（十）作为基金管理人、基金托管人报酬的管理费、托管费的提取、支付方式与比例；

（十一）与基金财产管理、运用有关的其他费用的提取、支付方式；

（十二）基金财产的投资方向和投资限制；

（十三）基金资产净值的计算方法和公告方式；

（十四）基金募集未达到法定要求的处理方式；

（十五）基金合同解除和终止的事由、程序以及基金财产清算方式；

（十六）争议解决方式；

（十七）当事人约定的其他事项。

第三十八条　基金招募说明书应当包括下列内容：

（一）基金募集申请的核准文件名称和核准日期；

（二）基金管理人、基金托管人的基本情况；

（三）基金合同和基金托管协议的内容摘要；

（四）基金份额的发售日期、价格、费用和期限；

（五）基金份额的发售方式、发售机构及登记机构名称；

（六）出具法律意见书的律师事务所和审计基金财产的会计师事务所的名称和住所；

（七）基金管理人、基金托管人报酬及其他有关费用的提取、支付方式与比例；

（八）风险警示内容；

（九）国务院证券监督管理机构规定的其他内容。

第三十九条　国务院证券监督管理机构应当自受理基金募集申请之日起六个月内依照法律、行政法规及国务院证券监督管理机构的规定和审慎监管原则进行审查，作出核准或者不予核准的决定，并通知申请人；不予核准的，应当说明理由。

第四十条　基金募集申请经核准后，方可发售基金份额。

第四十一条　基金份额的发售，由基金管理人负责办理；基金管理人可以委托经国务院证券监督管理机构认定的其他机构代为办理。

第四十二条　基金管理人应当在基金份额发售的三日前公布招募说明书、基金合同及其他有关文件。

前款规定的文件应当真实、准确、完整。

对基金募集所进行的宣传推介活动，应当符合有关法律、行政法规的规定，不得有本法第六十四条所列行为。

第四十三条　基金管理人应当自收到核准文件之日起六个月内进行基金募集。超过六个月开始募集，原核准的事项未发生实质性变化的，应当报国务院证券监督管理机构备案；发生实质性变化的，应当向国务院证券监督管理机构重新提交申请。

基金募集不得超过国务院证券监督管理机构核准的基金募集期限。基金募集期限自基金份额发售之日起计算。

第四十四条　基金募集期限届满，封闭式基金募集的基金份额总额达到核准规模的百分之八十以上，开放式基金募集的基金份额总额超过核准的最低募集份额总额，并且基金份额持有人人数符合国务院证券监督管理机构规定的，基金管理人应当自募集期限届满之日起十日内聘请法定验资机构验资，自收到验资报告之日起十日内，向国务院证券监督管理机构提交验资报告，办理基金备案手续，并予以公告。

第四十五条　基金募集期间募集的资金应当存入专门账户，在基金募集行为结束前，任何人不得动用。

第四十六条　投资人缴纳认购的基金份额的款项时，基金合同成立；基金管理人依照本法第四十四条的规定向国务院证券监督管理机构办理基金备案手续，基金合同生效。

基金募集期限届满，不能满足本法第四十四条规定的条件的，基金管理人应当承担下列责任：

（一）以其固有财产承担因募集行为而产生的债务和费用；

（二）在基金募集期限届满后三十日内返还投资人已缴纳的款项，并加计银行同期存款利息。

第五章　基金份额的交易

第四十七条　封闭式基金的基金份额，经基金管理人申请，国务院证券监督管理机构核准，可以在证券交易所上市交易。

国务院证券监督管理机构可以授权证券交易所依照法定条件和程序核准基金份额上市交易。

第四十八条　基金份额上市交易，应当符合下列条件：

（一）基金的募集符合本法规定；

（二）基金合同期限为五年以上；

（三）基金募集金额不低于二亿元人民币；

（四）基金份额持有人不少于一千人；

（五）基金份额上市交易规则规定的其他条件。

第四十九条　基金份额上市交易规则由证券交易所制定，报国务院证券监督管理机构核准。

第五十条　基金份额上市交易后，有下列情形之一的，由证券交易所终止其上市交易，并报国务院证券监督管理机构备案：

（一）不再具备本法第四十八条规定的上市交易条件；

（二）基金合同期限届满；

（三）基金份额持有人大会决定提前终止上市交易；

（四）基金合同约定的或者基金份额上市交易规则规定的终止上市交易的其他情形。

第六章　基金份额的申购与赎回

第五十一条　开放式基金的基金份额的申购、赎回和登记，由基金管理人负责办理；基金管理人可以委托经国务院证券监督管理机构认定的其他机构代为办理。

第五十二条　基金管理人应当在每个工作日办理基金份额的申购、赎回业务；基金合同另有约定的，按照其约定。

第五十三条　基金管理人应当按时支付赎回款项，但是下列情形除外：

（一）因不可抗力导致基金管理人不能支付赎回款项；

（二）证券交易场所依法决定临时停市，导致基金管理人无法计算当日基金资产净值；

（三）基金合同约定的其他特殊情形。

发生上述情形之一的，基金管理人应当在当日报国务院证券监督管理机构备案。

本条第一款规定的情形消失后，基金管理人应当及时支付赎回款项。

第五十四条　开放式基金应当保持足够的现金或者政府债券，以备支付基金份额持有人的赎回款项。基金财产中应当保持的现金或者政府债券的具体比例，由国务院证券监督管理机构规定。

第五十五条　基金份额的申购、赎回价格，依据申购、赎回日基金份额净值加、减有关费用计算。

第五十六条　基金份额净值计价出现错误时，基金管理人应当立即纠正，并采取合理的措施防止损失进一步扩大。计价错误达到基金份额净值百分之零点五时，基金管理人应当公告，并报国务院证券监督管理机构备案。

因基金份额净值计价错误造成基金份额持有人损失的，基金份额持有人有权要求基金管理人、基金托管人予以赔偿。

第七章　基金的运作与信息披露

第五十七条　基金管理人运用基金财产进行证券投资，应当采用资产组合的方式。

资产组合的具体方式和投资比例，依照本法和国务院证券监督管理机构的规定在基金合同中约定。

第五十八条　基金财产应当用于下列投资：

（一）上市交易的股票、债券；

（二）国务院证券监督管理机构规定的其他证券品种。

第五十九条　基金财产不得用于下列投资或者活动：

（一）承销证券；

（二）向他人贷款或者提供担保；

（三）从事承担无限责任的投资；

（四）买卖其他基金份额，但是国务院另有规定的除外；

（五）向其基金管理人、基金托管人出资或者买卖其基金管理人、基金托管人发行的股票或者债券；

（六）买卖与其基金管理人、基金托管人有控股关系的股东或者与其基金管理人、基金托管人有其他重大利害关系的公司发行的证券或者承销期内承销的证券；

（七）从事内幕交易、操纵证券交易价格及其他不正当的证券交易活动；

（八）依照法律、行政法规有关规定，由国务院证券监督管理机构规定禁止的其他活动。

第六十条　基金管理人、基金托管人和其他基金信息披露义务人应当依法披露基金信息，并保证所披露信息的真实性、准确性和完整性。

第六十一条　基金信息披露义务人应当确保应予披露的基金信息在国务院证券监督管理机构规定时间内披露，并保证投资人能够按照基金合同约定的时间和方式查阅或者复制公开披露的信息资料。

第六十二条　公开披露的基金信息包括：

（一）基金招募说明书、基金合同、基金托管协议；

（二）基金募集情况；

（三）基金份额上市交易公告书；

（四）基金资产净值、基金份额净值；

（五）基金份额申购、赎回价格；

（六）基金财产的资产组合季度报告、财务会计报告及中期和年度基金报告；

（七）临时报告；

（八）基金份额持有人大会决议；

（九）基金管理人、基金托管人的专门基金托管部门的重大人事变动；

（十）涉及基金管理人、基金财产、基金托管业务的诉讼；

（十一）依照法律、行政法规有关规定，由国务院证券监督管理机构规定应予披露的其他信息。

第六十三条　对公开披露的基金信息出具审计报告或者法律意见书的会计师事务所、律师事务所，应当保证其所出具文件内容的真实性、准确性和完整性。

第六十四条　公开披露基金信息，不得有下列行为：

（一）虚假记载、误导性陈述或者重大遗漏；

（二）对证券投资业绩进行预测；

（三）违规承诺收益或者承担损失；

（四）诋毁其他基金管理人、基金托管人或者基金份额发售机构；

（五）依照法律、行政法规有关规定，由国务院证券监督管理机构规定禁止的其他行为。

第八章　基金合同的变更、终止与基金财产清算

第六十五条　按照基金合同的约定或者基金份额持有人大会的决议，并经国务院证券监督管理机构核准，可以转换基金运作方式。

第六十六条　封闭式基金扩募或者延长基金合同期限，应当符合下列条件，并经国务院证券监督管理机构核准：

（一）基金运营业绩良好；

（二）基金管理人最近二年内没有因违法违规行为受到行政处罚或者刑事处罚；

（三）基金份额持有人大会决议通过；

（四）本法规定的其他条件。

第六十七条　有下列情形之一的，基金合同终止：

（一）基金合同期限届满而未延期的；

（二）基金份额持有人大会决定终止的；

（三）基金管理人、基金托管人职责终止，在六个月内没有新基金管理人、新基金托管人承接的；

（四）基金合同约定的其他情形。

第六十八条　基金合同终止时，基金管理人应当组织清算组对基金财产进行清算。

清算组由基金管理人、基金托管人以及相关的中介服务机构组成。

清算组作出的清算报告经会计师事务所审计，律师事务所出具法律意见书后，报国务院证券监督管理机构备案并公告。

第六十九条　清算后的剩余基金财产，应当按照基金份额持有人所持份额比例进行分配。

第九章　基金份额持有人权利及其行使

第七十条　基金份额持有人享有下列权利：

（一）分享基金财产收益；

（二）参与分配清算后的剩余基金财产；

（三）依法转让或者申请赎回其持有的基金份额；

（四）按照规定要求召开基金份额持有人大会；

（五）对基金份额持有人大会审议事项行使表决权；

（六）查阅或者复制公开披露的基金信息资料；

（七）对基金管理人、基金托管人、基金份额发售机构损害其合法权益的行为依法提起诉讼；

（八）基金合同约定的其他权利。

第七十一条　下列事项应当通过召开基金份额持有人大会审议决定：

（一）提前终止基金合同；

（二）基金扩募或者延长基金合同期限；

（三）转换基金运作方式；

（四）提高基金管理人、基金托管人的报酬标准；

（五）更换基金管理人、基金托管人；

（六）基金合同约定的其他事项。

第七十二条　基金份额持有人大会由基金管理人召集；基金管理人未按规定召集或者不能召集时，由基金托管人召集。

代表基金份额百分之十以上的基金份额持有人就同一事项要求召开基金份额持有人大会，而基金管理人、基金托管人都不召集的，代表基金份额百分之十以上的基金份额持有人有权自行召集，并报国务院证券监督管理机构备案。

第七十三条　召开基金份额持有人大会，召集人应当至少提前三十日公告基金份额持有人大会的召开时间、会议形式、审议事项、议事程序和表决方式等事项。

基金份额持有人大会不得就未经公告的事项进行表决。

第七十四条　基金份额持有人大会可以采取现场方式召开，也可以采取通讯等方式召开。

每一基金份额具有一票表决权，基金份额持有人可以委托代理人出席基金份额持有人大会并行使表决权。

第七十五条　基金份额持有人大会应当有代表百分之五十以上基金份额的持有人参加，方可召开；大会就审议事项作出决定，应当经参加大会的基金份额持有人所持表决权的百分之五十以上通过；但是，转换基金运作方式、更换基金管理人或者基金托管人、提前终止基金合同，应当经参加大会的基金份额持有人所持表决权的三分之二以上通过。

基金份额持有人大会决定的事项，应当依法报国务院证券监督管理机构核准或者备案，并予以公告。

第十章 监督管理

第七十六条 国务院证券监督管理机构依法履行下列职责：

（一）依法制定有关证券投资基金活动监督管理的规章、规则，并依法行使审批或者核准权；

（二）办理基金备案；

（三）对基金管理人、基金托管人及其他机构从事证券投资基金活动进行监督管理，对违法行为进行查处，并予以公告；

（四）制定基金从业人员的资格标准和行为准则，并监督实施；

（五）监督检查基金信息的披露情况；

（六）指导和监督基金同业协会的活动；

（七）法律、行政法规规定的其他职责。

第七十七条 国务院证券监督管理机构依法履行职责，有权采取下列措施：

（一）进入违法行为发生场所调查取证；

（二）询问当事人和与被调查事件有关的单位和个人，要求其对与被调查事件有关的事项作出说明；

（三）查阅、复制当事人和与被调查事件有关的单位和个人的证券交易记录、登记过户记录、财务会计资料及其他相关文件和资料，对可能被转移或者隐匿的文件和资料予以封存；

（四）查询当事人和与被调查事件有关的单位和个人的资金账户、证券账户或者基金账户，对有证据证明有转移或者隐匿违法资金、证券迹象的，可以申请司法机关予以冻结；

（五）法律、行政法规规定的其他措施。

第七十八条 国务院证券监督管理机构工作人员依法履行职责，进行调查或者检查时，不得少于二人，并应当出示合法证件；对调查或者检查中知悉的商业秘密负有保密的义务。

第七十九条 国务院证券监督管理机构工作人员应当忠于职守，依法办事，公正廉洁，接受监督，不得利用职务牟取私利。

第八十条 国务院证券监督管理机构依法履行职责时，被调查、检查的单位和个人应当配合，如实提供有关文件和资料，不得拒绝、阻碍和隐瞒。

第八十一条 国务院证券监督管理机构依法履行职责，发现违法行为涉嫌犯罪的，应当将案件移送司法机关处理。

第八十二条 国务院证券监督管理机构工作人员不得在被监管的机构中兼任职务。

第十一章　法律责任

第八十三条　基金管理人、基金托管人在履行各自职责的过程中，违反本法规定或者基金合同约定，给基金财产或者基金份额持有人造成损害的，应当分别对各自的行为依法承担赔偿责任；因共同行为给基金财产或者基金份额持有人造成损害的，应当承担连带赔偿责任。

第八十四条　违反本法第四十五条规定，动用募集的资金的，责令返还，没收违法所得；违法所得五十万元以上的，并处违法所得一倍以上五倍以下罚款；没有违法所得或者违法所得不足五十万元的，并处五万元以上五十万元以下罚款；对直接负责的主管人员和其他直接责任人员给予警告，并处三万元以上三十万元以下罚款；给投资人造成损害的，依法承担赔偿责任；构成犯罪的，依法追究刑事责任。

第八十五条　未经国务院证券监督管理机构核准，擅自募集基金的，责令停止，返还所募资金和加计的银行同期存款利息，没收违法所得，并处所募资金金额百分之一以上百分之五以下罚款；构成犯罪的，依法追究刑事责任。

第八十六条　违反本法规定，未经批准，擅自设立基金管理公司的，由证券监督管理机构予以取缔，并处五万元以上五十万元以下罚款；构成犯罪的，依法追究刑事责任。

第八十七条　未经国务院证券监督管理机构核准，擅自从事基金管理业务或者基金托管业务的，责令停止，没收违法所得；违法所得一百万元以上的，并处违法所得一倍以上五倍以下罚款；没有违法所得或者违法所得不足一百万元的，并处十万元以上一百万元以下罚款；给基金财产或者基金份额持有人造成损害的，依法承担赔偿责任；对直接负责的主管人员和其他直接责任人员给予警告，并处三万元以上三十万元以下罚款；构成犯罪的，依法追究刑事责任。

第八十八条　基金管理人、基金托管人违反本法规定，未对基金财产实行分别管理或者分账保管，或者将基金财产挪作他用的，责令改正，处五万元以上五十万元以下罚款；给基金财产或者基金份额持有人造成损害的，依法承担赔偿责任；对直接负责的主管人员和其他直接责任人员给予警告，暂停或者取消基金从业资格，并处三万元以上三十万元以下罚款；构成犯罪的，依法追究刑事责任。

基金管理人、基金托管人将基金财产挪作他用而取得的财产和收益，归入基金财产。但是，法律、行政法规另有规定的，依照其规定。

第八十九条　基金管理人、基金托管人有本法第二十条所列行为之一的，责令改正，没收违法所得；违法所得一百万元以上的，并处违法所得一倍以上五倍以下罚款；没有违法所得或者违法所得不足一百万元的，并处十万元以上一百万元以下罚款；给基金财产或者基金份额持有人造成损害的，依法承担赔偿责任；对直接负责的主管人员和其他直接责任人员给予警告，暂停或者取消基金从业资格，并处三万元以上三十万元以下罚款；构成犯罪的，依法追究刑事责任。

第九十条　基金管理人、基金托管人有本法第五十九条第一项至第六项和第八项所列行为之一的，责令改正，处十万元以上一百万元以下罚款；给基金财产或者基金份额持有人造成损害的，依法承担赔偿责任；对直接负责的主管人员和其他直接责任人员给予警告，暂停或者取消基金从业资格，并处三万元以上三十万元以下罚款；构成犯罪的，依法追究刑事责任。

基金管理人、基金托管人有前款行为，运用基金财产而取得的财产和收益，归入基金财产。但是，法律、行政法规另有规定的，依照其规定。

第九十一条　基金管理人、基金托管人有本法第五十九条第七项规定行为的，除依照《中华人民共和国证券法》的有关规定处罚外，对直接负责的主管人员和其他直接责任人员给予警告，暂停或者取消基金从业资格，并处三万元以上三十万元以下罚款；给基金财产或者基金份额持有人造成损害的，依法承担赔偿责任。

第九十二条　基金管理人、基金托管人违反本法规定，相互出资或者持有股份的，责令改正，可以处十万元以下罚款。

第九十三条　基金信息披露义务人不依法披露基金信息或者披露的信息有虚假记载、误导性陈述或者重大遗漏的，责令改正，没收违法所得，并处十万元以上一百万元以下罚款；给基金份额持有人造成损害的，依法承担赔偿责任；对直接负责的主管人员和其他直接责任人员给予警告，暂停或者取消基金从业资格，并处三万元以上三十万元以下罚款；构成犯罪的，依法追究刑事责任。

第九十四条　为基金信息披露义务人公开披露的基金信息出具审计报告、法律意见书等文件的专业机构就其所应负责的内容弄虚作假的，责令改正，没收违法所得，并处违法所得一倍以上五倍以下罚款；情节严重的，责令停业，暂停或者取消直接责任人员的相关资格；给基金份额持有人造成损害的，依法承担赔偿责任；构成犯罪的，依法追究刑事责任。

第九十五条　基金管理人或者基金托管人不按照规定召集基金份额持有人大会的，责令改正，可以处五万元以下罚款；对直接负责的主管人员和其他直接责任人员给予警告，暂停或者取消基金从业资格。

第九十六条　基金管理人、基金托管人违反本法规定，情节严重的，依法取消基金管理资格或者基金托管资格。

第九十七条　基金管理人、基金托管人的专门基金托管部门的从业人员违反本法第十八条规定，给基金财产或者基金份额持有人造成损害的，依法承担赔偿责任；情节严重的，取消基金从业资格；构成犯罪的，依法追究刑事责任。

第九十八条　证券监督管理机构工作人员玩忽职守、滥用职权、徇私舞弊或者利用职务上的便利索取或者收受他人财物的，依法给予行政处分；构成犯罪的，依法追究刑事责任。

第九十九条　违反本法规定，应当承担民事赔偿责任和缴纳罚款、罚金，其财产不足以同时支付时，先承担民事赔偿责任。

第一百条　依照本法规定，基金管理人、基金托管人应当承担的民事赔偿责任和缴纳的罚款、罚金，由基金管理人、基金托管人以其固有财产承担。

依法收缴的罚款、罚金和没收的违法所得，应当全部上缴国库。

第十二章　附则

第一百零一条　基金管理公司或者国务院批准的其他机构，向特定对象募集资金或者接受特定对象财产委托从事证券投资活动的具体管理办法，由国务院根据本法的原则另行规定。

第一百零二条　通过公开发行股份募集资金，设立证券投资公司，从事证券投资等活动的管理办法，由国务院另行规定。

第一百零三条　本法自2004年6月1日起施行。

附录二

证券投资基金运作管理办法

第一章　总则

第一条　为了规范证券投资基金运作活动，保护投资人的合法权益，促进证券投资基金市场健康发展，根据《证券投资基金法》及其他有关法律、行政法规，制定本办法。

第二条　本办法适用于证券投资基金（以下简称基金）的募集、基金份额的申购和赎回、基金财产的投资、基金收益的分配、基金份额持有人大会的召开，以及其他基金运作活动。

第三条　从事基金运作活动，应当遵守法律、行政法规和中国证券监督管理委员会（以下简称中国证监会）的规定，遵循自愿、公平、诚实信用原则，不得损害国家利益和社会公共利益。

第四条　中国证监会及其派出机构依照法律、行政法规、本办法的规定和审慎监管原则，对基金运作活动实施监督管理。

第五条　基金行业的协会依据法律、行政法规、中国证监会的规定和自律规则，对基金运作活动进行自律管理。

第二章　基金的募集

第六条　申请募集基金，拟任基金管理人、基金托管人应当具备下列条件：

（一）拟任基金管理人为依法设立的基金管理公司，拟任基金托管人为具有基金托管资格的商业银行；

（二）有符合中国证监会规定的、与管理和托管拟募集基金相适应的基金经理等业务人员；

（三）基金的投资管理、销售、登记和估值等业务环节制度健全，行为规范，不存在影响基金正常运作、损害或者可能损害基金份额持有人合法权益的情形；

（四）最近一年内没有因违法违规行为受到行政处罚或者刑事处罚；

（五）没有因违法违规行为正在被监管机构调查，或者正处于整改期间；

（六）不存在对基金运作已经造成或可能造成不良影响的重大变更事项，或者诉讼、仲裁等其他重大事项；

（七）不存在公司治理不健全、经营管理混乱、内部控制和风险管理制度无法得到有效执行、财务状况恶化等重大经营风险；

（八）拟任基金管理人前只获准募集的基金，基金合同已经生效，或者募集期限届满，不能满足本办法第十二条规定的条件，自返还全部投资人已缴纳的款项及其利息之日起已满六个月；

（九）中国证监会根据审慎监管原则规定的其他条件。

第七条 申请募集基金，拟募集的基金应当具备下列条件：

（一）有明确、合法的投资方向；

（二）有明确的基金运作方式；

（三）符合中国证监会关于基金品种的规定；

（四）不与拟任基金管理人已管理的基金雷同；

（五）基金合同、招募说明书等法律文件草案符合法律、行政法规和中国证监会的规定；

（六）基金名称表明基金的类别和投资特征，不存在损害国家利益、社会公共利益，欺诈、误导投资人，或者其他侵犯他人合法权益的内容；

（七）中国证监会根据审慎监管原则规定的其他条件。

第八条 基金管理人申请募集基金，应当按照《证券投资基金法》和中国证监会的规定提交申请材料。

申请期间申请材料涉及的事项发生重大变化的，基金管理人应当自变化发生之日起五个工作日内向中国证监会提交更新材料。

第九条 中国证监会依照《行政许可法》和《证券投资基金法》第三十九条的规定，受理基金募集申请，并进行审查，做出决定。

第十条 中国证监会根据审慎监管原则，可以组织专家评审会对基金募集申请进行评审。

第十一条 基金募集期限自基金份额发售之日起不得超过三个月。

第十二条 基金募集期限届满，募集的基金份额总额符合《证券投资基金法》第四十四条的规定，并具备下列条件的，基金管理人应当按照规定办理验资和基金备案手续：

（一）基金募集份额总额不少于两亿份，基金募集金额不少于两亿元人民币；

（二）基金份额持有人的人数不少于两百人。

第十三条 中国证监会自收到基金管理人验资报告和基金备案材料之日起三个工作日内予以书面确认；自中国证监会书面确认之日起，基金备案手续办理完毕，基金合同生效。

基金管理人应当在收到中国证监会确认文件的次日予以公告。

第十四条　基金募集期间的信息披露费、会计师费、律师费以及其他费用，不得从基金财产中列支；基金收取认购费的，可以从认购费中列支。

第三章　基金份额的申购和赎回

第十五条　开放式基金的基金合同应当约定，并在招募说明书中载明基金管理人办理基金份额申购、赎回业务的日期（以下简称开放日）和时间。

第十六条　开放式基金的基金合同可以约定基金管理人自基金合同生效之日起一定期限内不办理赎回；但约定的期限不得超过三个月，并应当在招募说明书中载明。

第十七条　开放式基金份额的申购、赎回价格，依据申购、赎回日基金份额净值加、减有关费用计算。开放式基金份额的申购、赎回价格具体计算方法应当在基金合同和招募说明书中载明。

开放式基金份额净值，应当按照每个开放日闭市后，基金资产净值除以当日基金份额的余额数量计算。具体计算方法应当在基金合同和招募说明书中载明。

第十八条　基金管理人不得在基金合同约定之外的日期或者时间办理基金份额的申购、赎回或者转换。

投资人在基金合同约定之外的日期和时间提出申购、赎回或者转换申请的，其基金份额申购、赎回价格为下次办理基金份额申购、赎回时间所在开放日的价格。

第十九条　投资人申购基金份额时，必须全额交付申购款项，但中国证监会规定的特殊基金品种除外；投资人交付款项，申购申请即为有效。

第二十条　基金管理人应当自收到投资人申购、赎回申请之日起三个工作日内，对该申购、赎回的有效性进行确认。

基金管理人应当自接受投资人有效赎回申请之日起七个工作日内支付赎回款项，但中国证监会规定的特殊基金品种除外。

第二十一条　开放式基金的基金合同可以约定基金达到一定的规模后，基金管理人不再接受认购、申购申请，但应当在招募说明书中载明。

基金管理人在基金募集期间不得调整基金合同约定的基金规模。基金合同生效后，基金管理人可以按照基金合同的约定，根据实际情况调整基金规模，但应当提前三日公告，并更新招募说明书。

第二十二条　开放式基金的基金合同可以对单个基金份额持有人持有基金份额的比例或者数量设置限制，但应当在招募说明书中载明。

第二十三条　开放式基金单个开放日净赎回申请超过基金总份额的百分之十的，为巨额赎回。

开放式基金发生巨额赎回的，基金管理人当日办理的赎回份额不得低于基金总份额的百分之十，对其余赎回申请可以延期办理。

第二十四条　开放式基金发生巨额赎回的，基金管理人对单个基金份额持有人的赎回申请，应当按照其申请赎回份额占当日申请赎回总份额的比例，确定该单个基金份额持有人当日办理的赎回份额。

基金份额持有人可以在申请赎回时选择将当日未获办理部分予以撤销。基金份额持有人未选择撤销的，基金管理人对未办理的赎回份额，可延迟至下一个开放日办理，赎回价格为下一个开放日的价格。

第二十五条　开放式基金发生巨额赎回并延期办理的，基金管理人应当通过邮寄、传真或者招募说明书规定的其他方式，在三个交易日内通知基金份额持有人，说明有关处理方法，同时在指定报刊及其他相关媒体上予以公告。

第二十六条　开放式基金连续发生巨额赎回，基金管理人可按基金合同的约定和招募说明书的规定，暂停接受赎回申请；已经接受的赎回申请可以延缓支付赎回款项，但延缓期限不得超过二十个工作日，并应当在指定报刊及其他相关媒体上予以公告。

第二十七条　开放式基金的基金合同可以约定，单个基金份额持有人在单个开放日申请赎回基金份额超过基金总份额一定比例的，基金管理人可以按照本办法第二十六条的规定暂停接受赎回申请或者延缓支付。

第二十八条　开放式基金应当保持不低于基金资产净值百分之五的现金或者到期日在一年以内的政府债券，以备支付基金份额持有人的赎回款项，但中国证监会规定的特殊基金品种除外。

第四章　基金的投资和收益分配

第二十九条　基金合同和基金招募说明书应当按照下列规定载明基金的类别：

（一）百分之六十以上的基金资产投资于股票的，为股票基金；

（二）百分之八十以上的基金资产投资于债券的，为债券基金；

（三）仅投资于货币市场工具的，为货币市场基金；

（四）投资于股票、债券和货币市场工具，并且股票投资和债券投资的比例不符合第（一）项、第（二）项规定的，为混合基金；

（五）中国证监会规定的其他基金类别。

第三十条　基金名称显示投资方向的，应当有百分之八十以上的非现金基金资产属于投资方向确定的内容。

第三十一条　基金管理人运用基金财产进行证券投资，不得有下列情形：

（一）一只基金持有一家上市公司的股票，其市值超过基金资产净值的百分之十；

（二）同一基金管理人管理的全部基金持有一家公司发行的证券，超过该证券的百分之十；

（三）基金财产参与股票发行申购，单只基金所申报的金额超过该基金的总资产，单只基金所申报的股票数量超过拟发行股票公司本次发行股票的总量；

（四）违反基金合同关于投资范围、投资策略和投资比例等约定；

（五）中国证监会规定禁止的其他情形。

完全按照有关指数的构成比例进行证券投资的基金品种可以不受前款第（一）项、第（二）项规定的比例限制。

第三十二条　基金管理人应当自基金合同生效之日起六个月内使基金的投资组合比例符合基金合同的有关约定。

第三十三条　因证券市场波动、上市公司合并、基金规模变动等基金管理人之外的因素致使基金投资不符合本办法第三十一条第一款第（一）项、第（二）项规定的比例或者基金合同约定的投资比例的，基金管理人应当在十个交易日内进行调整。

第三十四条　下列与基金有关的费用可以从基金财产中列支：

（一）基金管理人的管理费；

（二）基金托管人的托管费；

（三）基金合同生效后的信息披露费用；

（四）基金合同生效后的会计师费和律师费；

（五）基金份额持有人大会费用；

（六）基金的证券交易费用；

（七）按照国家有关规定和基金合同约定，可以在基金财产中列支的其他费用。

第三十五条　封闭式基金的收益分配，每年不得少于一次，封闭式基金年度收益分配比例不得低于基金年度已实现收益的百分之九十。

开放式基金的基金合同应当约定每年基金收益分配的最多次数和基金收益分配的最低比例。

第三十六条　基金收益分配应当采用现金方式。

开放式基金的基金份额持有人可以事先选择将所获分配的现金收益，按照基金合同有关基金份额申购的约定转为基金份额；基金份额持有人事先未做出选择的，基金管理人应当支付现金。

第五章　基金份额持有人大会

第三十七条　除《证券投资基金法》第七十一条第（一）项至第（五）项规定的事项外，基金合同还应当按照中国证监会的规定，约定对基金合同当事人权利、义务产生重大影响，须召开基金份额持有人大会的变更合同等其他事项。

第三十八条　基金托管人认为有必要召开基金份额持有人大会的，应当向基金管理人提出书面提议。基金管理人应当自收到书面提议之日起十日内决定是否召集，并书面告知基金托管人。

基金管理人决定召集的，应当自出具书面决定之日起六十日内召开；基金管理人决定不召集，基金托管人仍认为有必要召开的，应当自行召集。

第三十九条　代表基金份额百分之十以上的基金份额持有人认为有必要召开基金份额持有人大会的，应当向基金管理人提出书面提议。基金管理人应当自收到书面提议之日起十日内决定是否召集，并书面告知提出提议的基金份额持有人代表和基金托管人。

基金管理人决定召集的，应当自出具书面决定之日起六十日内召开；基金管理人决定不召集，代表基金份额百分之十以上的基金份额持有人仍认为有必要召开的，应当向基金托管人提出书面提议。

基金托管人应当自收到书面提议之日起十日内决定是否召集，并书面告知提出提议的基金份额持有人代表和基金管理人；基金托管人决定召集的，应当自出具书面决定之日起六十日内召开。

第四十条　基金管理人和基金托管人都不召集基金份额持有人大会的，基金份额持有人可以按照《证券投资基金法》第七十二条第二款的规定自行召集基金份额持有人大会。

基金份额持有人自行召集基金份额持有人大会的，应当至少提前三十日向中国证监会备案。

第四十一条　基金份额持有人依法自行召集基金份额持有人大会的，基金管理人、基金托管人应当配合，不得阻碍、干扰。

第四十二条　基金份额持有人大会按照《证券投资基金法》第七十五条的规定表决通过的事项，召集人应当自通过之日起五日内报中国证监会核准或者备案。

基金份额持有人大会决定的事项自中国证监会依法核准或者出具无异议意见之日起生效。

第四十三条　基金管理人、基金托管人和基金份额持有人应当执行生效的基金份额持有人大会的决定。

第六章 监督管理和法律责任

第四十四条 开放式基金的基金合同生效后，基金份额持有人数量不满两百人或者基金资产净值低于五千万元的，基金管理人应当及时报告中国证监会；连续二十个工作日出现前述情形的，基金管理人应当向中国证监会说明原因和报送解决方案。

第四十五条 中国证监会及其派出机构对基金管理人、基金托管人从事基金运作活动的情况进行定期或者不定期检查，基金管理人、基金托管人应当予以配合。

第四十六条 基金管理人、基金托管人违反法律、行政法规和本办法规定的，中国证监会及其派出机构可以责令整改，暂停办理相关业务；对直接负责的主管人员和其他直接责任人员，可以采取监管谈话、出具警示函、记入诚信档案、暂停履行职务、认定为不适宜担任相关职务者等行政监管措施。

第四十七条 基金管理人、基金托管人及其直接负责的主管人员和其他直接责任人员违反本办法规定从事基金运作活动，中国证监会依照法律、行政法规的有关规定进行行政处罚；法律、行政法规未做规定的，依照本办法的规定进行行政处罚；涉嫌犯罪的，依法移送司法机关，追究其刑事责任。

第四十八条 基金管理人违反本办法第十八条的规定，在基金合同约定之外的日期或时间办理基金份额的申购、赎回或者转换的，依照《证券投资基金法》第八十九条的规定处罚。

第四十九条 基金管理人违反本办法第三十一条的规定，运用基金财产进行证券投资的，依照《证券投资基金法》第九十条的规定处罚。

第五十条 基金管理人、基金托管人不按照本办法第三十八条、第三十九条的规定召集基金份额持有人大会的，依照《证券投资基金法》第九十五条的规定处罚。

第五十一条 基金管理人申请募集基金，隐瞒有关情况或者提供虚假材料的，中国证监会不予受理；已经受理的，不予批准，并处以警告。

第五十二条 基金管理人从事基金运作活动，有下列情形之一的，责令改正，单处或者并处警告、罚款；对直接负责的主管人员和其他直接责任人员，单处或者并处警告、罚款：

（一）未按照本办法第十七条的规定计算基金份额申购、赎回价格；

（二）未按照本办法第二十条的规定确认申购、赎回的有效性，并支付赎回款项；

（三）未按照本办法第二十三条第二款的规定办理赎回申请；

（四）未按照本办法第二十八条的规定保持现金或者政府债券；

（五）未按照本办法第三十三条的规定调整投资比例；

（六）未按照本办法第三十五条、第三十六条的规定进行收益分配；

（七）未按照本办法第四十四条的规定报告、说明有关情况，或者报送解决方案。

第五十三条　基金管理人、基金托管人有下列情形之一的，责令改正，单处或者并处警告、罚款；对直接负责的主管人员和其他直接责任人员，单处或者并处警告、罚款：

（一）未按照本办法第四十一条规定配合基金份额持有人召集基金份额持有人大会；

（二）未按照本办法第四十二条的规定申请核准或者备案基金份额持有人大会决定的事项；

（三）未按照本办法第四十三条的规定执行基金份额持有人大会的生效决定；

（四）未按照本办法第四十五条的规定配合中国证监会及其派出机构进行检查。

第七章　附则

第五十四条　本办法自2004年7月1日起施行。